# MAURICE PONS

# LES SAISONS

DU MÊME AUTEUR
CHEZ CHRISTIAN BOURGOIS ÉDITEUR

Virginales

# MAURICE PONS

# LES SAISONS

CHRISTIAN BOURGOIS ÉDITEUR

ISBN : 978-2-267-03210-9

Tant de magie pour rien
Si ce n'était ce souvenir d'un autre monde

*Georges Schehadé*

# PREMIÈRE PARTIE

# I

Il arriva par le sentier de la cluse, vers le seizième mois de l'automne, qu'on appelait là-bas : la saison pourrie.

C'est Louana qui l'aperçut la première, et plus tard, lorsque le Conseil se réunit pour statuer sur le cas de l'étranger, elle intervint pour revendiquer ce premier regard. Elle avait ce visage d'enfant mongole, hilare, écarlate, qui n'était pas du pays ; elle avait ces intonations étranges qui faisaient qu'on l'écoutait toujours avec stupeur.

— C'est moi qui l'ai vu la première ! devait-elle crier ce jour-là au Conseil. Et elle avait ajouté en éclatant de rire : À travers le cul de ma mère !

Avec sa cousine Cherline, la pâle, la malingre Cherline, aux bras si blancs qu'ils attiraient les pinçons, Louana avait suivi la Brigde, sa mère, là-bas, vers les replats de San-Creps, tout en bordure de la faille rocheuse. Il avait plu la semaine entière, à verse, comme toutes les semaines précédentes depuis bientôt seize mois. Courbée en deux, les reins cassés, jambes nues dans ses bottines et par-dessus sa lourde jupe noire enduite de boue jusqu'aux cuisses, la Brigde n'avait cessé d'arracher, presque au ras du sol, les maigres plants de lentilles qu'elle enfouissait dans un bourras. Elle ruisselait d'eau, elle avait les doigts en sang et son postérieur barrait le ciel comme une montagne mouvante. De temps à autre, et sans même se redresser, elle se retournait pour houspiller les fillettes, les deux bougresses qui marchaient derrière elle dans le sillon pour ramasser la glane, et qui, dans son dos, se chuchotaient des immondices, en pouffant à chaque instant. Le visage de Louana brillait de rire et de pluie.

Et voilà que soudain, pinçant violemment sa cousine et éclatant de rire, elle cria de loin à sa mère :

— Hé, M'man ! Regarde, un type.

Elle disait vrai. Là-bas, sur l'autre versant de la cluse, on apercevait, au travers du rideau de pluie qu'agitait le vent, une lointaine silhouette sur la sente. Autant qu'on en pouvait juger, l'homme marchait d'un pas lent et appliqué en s'aidant d'un bâton. Il portait sur le dos un havresac et rentrait la tête dans les épaules, se faisant plus massif pour échapper aux bourrasques. Il semblait arriver de loin.

La Brigde le suivit des yeux, longuement, tandis qu'il gravissait les virages en épingles sur les flancs détrempés de la ravine. Le jour baissait. Il faisait presque noir, mais elle s'appliquait à ne pas perdre de vue le cheminement obstiné de ce marcheur, dont l'image parfois disparaissait derrière un bloc de pierre mais resurgissait toujours un peu plus haut sur la sente : on ne pouvait plus en douter, il allait arriver au pays.

La Brigde fut prise d'une soudaine panique. Elle empoigna d'un geste brusque les deux fillettes, et s'éloigna à grands pas, coupant à travers le replat.

— Hé bien, quoi, M'man ! cria Louana. Et ton bourras ?

Elle ne répondit pas. Elle marchait droit, tirant par la main les gamines. Elle rentrait droit, silencieuse, frémissante, comme la jument qui sent la foudre derrière elle.

Louana et sa mère habitaient dans le haut du pays, au pied de la Croix de Sépia. Aussi, arrivant de San-Creps, devaient-elles traverser tout le village. La Brigde, de maison en maison, donna l'alerte : un étranger arrivait. Elle lançait la nouvelle de sa voix rauque, sans s'attarder. Seul lui répondait un claquement de planches sous la pluie : c'étaient les portes et les volets que l'on fermait en hâte.

Siméon, sous la pluie, parcourut un village aveugle.

Il marchait à pas très lents, tenant son bâton à main nue, le dos courbé sous le havresac et la tête basse. Il portait un manteau de gabardine noir, dont il avait relevé le col. Mais la forte pluie lui glissait entre le col et la nuque, le faisant par instants frissonner.

Il était jeune encore, mais si laid, et d'une laideur si pathétique, qu'on ne lui donnait plus d'âge. Il avait le teint basané, mais sale sous la barbe vieille. Il avait plus d'une paume de distance entre ses gros yeux et un nez proéminent qui lui donnait l'air triste d'un vieux bélier. Les sourcils lui mangeaient le front et le visage.

Une récente bourrasque avait, chez les Dogde, emporté un volet : sur la façade une fenêtre brillait, éclairée par la lampe à huile et, derrière la fenêtre, Walter et sa femme Clara, tapis dans un recoin, guettaient le passage de l'étranger. Siméon, en effet, s'attarda devant chez eux, les fixant sans les voir de son regard implorant, leur souriant de son pitoyable sourire.

C'était l'épreuve de force : Siméon serait resté là toute la nuit et son sourire, peut-être, aurait vaincu. Mais Walter Dogde avait eu le temps de fourbir son arme. Sortant sans bruit par la porte de derrière, il monta par l'échelle au grenier. Et de là, soudain, presque du haut du toit, il lança en direction de l'homme un étrange obus blanc qui s'écrasa à ses pieds avec un bruit de noix vides. Siméon se baissa pour mieux le voir : c'était un crâne de mouton, blanchi par les années. Sous le choc, le maxillaire inférieur s'était détaché et quelques dents avaient roulé dans la boue.

Siméon, sans réfléchir, voulut envoyer rouler au loin, d'un coup de pied, l'affreuse tête qui semblait le narguer de ses orbites vides. Mais il n'était chaussé que de sandalettes à lanières, détrempées par la pluie et la boue des chemins. Le coup lui fit mal. Il gémit. Le lendemain, en se chaussant, il devait constater qu'il s'était fêlé sur toute la longueur l'ongle du gros orteil et que le sang avait formé, sous la lunule, un caillot rouge sombre.

Dans le noir, il entendit un rire sarcastique et une phrase qu'il ne comprit pas bien mais qui pouvait être quelque chose comme : « … mouton, mouton et demi… ».

Siméon ébaucha un haussement d'épaules, mais il ne mena pas son geste jusqu'à son achèvement : au contraire, lorsque ses épaules eurent atteint leur position haute, il plia le dos et courba la tête – et ainsi, un peu plus voûté, un peu plus tassé sur lui-même, il s'enfonça plus avant dans le village.

Eût-il levé les yeux autour de son ombre, il n'aurait pas manqué d'être frappé par la sauvage laideur des lieux. Il arrive parfois que les constructions paysannes, par ce qu'elles ont de fruste et par les bienfaits de traditions artisanales séculaires, atteignent à une certaine beauté, simple et trapue. Ici, les maisons, vaguement alignées les unes après les autres et de part et d'autre de ce qu'il faut bien appeler la rue, semblaient vouloir imiter l'architecture de la ville. Pour la plupart, elles tournaient le dos à la rue et ne présentaient que des façades aveugles. C'étaient des blocs de ciment monolithiques, à un ou deux étages, recouverts d'enduits de plâtre qui avaient sans doute été roses, ou ocres ou violets, mais que le travail de sape des intempéries, le dégouttement des tuyaux et des gouttières, l'usure du temps surtout, avaient rendues tout simplement pisseuses. La pauvreté des ressources ne permettait pas non plus l'emploi de matériaux rares : les toits de planches étaient recouverts de plaques de tôles éparses, que la rouille attaquait comme une lèpre. À cause de la rigueur du climat, les fenêtres étaient rares et étroites, percées asymétriquement sur les façades que barrait parfois un escalier de fer transversal. Il n'était pas rare qu'un étage, ou une partie d'étage, se fût éboulé sur les fondations : on laissait là le tas de pierres et de planches écroulées, on laissait les escaliers suspendus sur le vide et l'on se confinait dans les pièces subsistantes.

Le café-hôtel du pays dépassait toute autre bâtisse en laideur. On l'eût d'abord pris pour un silo, car il ne présentait, à l'étranger de passage, que les trois façades rigides et aveugles de sa maçonnerie, cernées par des monticules de fumier dont la pluie incessante faisait ruisseler le purin. On pourrait, certes, plaider à sa décharge qu'il ne passait jamais ici aucun étranger. Mais il arriva que Siméon, marquant une nouvelle station désespérée devant ses murs, eut l'esprit attiré par un grincement désagréable : c'était une pancarte de bois, transpercée de clous rouillés, que le vent faisait racler contre le mur. À travers le rideau de pluie, Siméon leva le nez et déchiffra ces mots inespérés : Café-Hôtel, soulignés par une flèche biscornue, à peine perceptible, enjoignant de s'engager en contrebas dans la venelle et de contourner le mur.

Siméon s'essuya une nouvelle fois le front et la naissance des cheveux avec son mouchoir, puis il s'engagea dans la venelle et contourna le mur. Avant d'entrer, par discrétion, il déposa devant le seuil son havresac et son alpenstock.

Tout autre que lui, poussant la porte vitrée, alourdie par un insolite et arrogant entrelacs de ferronnerie, eût été saisi par l'odeur fétide qui régnait dans la salle : était-elle due aux vomissures qui souillaient le plancher de bois sous les tables ? aux écuelles immondes qui traînaient sur le sol auprès de la cuisinière et au-dessus desquelles bourdonnaient des essaims de grosses mouches ? aux chaussures, aux bandes molletières d'uniforme que les deux douaniers du pays, seuls clients du café à cette heure, avaient retirées pour les faire sécher dans le four de la cuisinière ? Ou bien était-ce l'odeur personnelle et familière de l'énorme paysanne emmitouflée de laine noire qui régnait sur les lieux, visiblement atteinte d'éléphantiasis et que Siméon, en entrant, surprit dans une bien étrange opération : assise à califourchon sur les genoux de l'un des douaniers, – le douanier en second à ce qui devait apparaître bientôt – qui la maintenait contre lui en lui plaquant les deux mains ouvertes sur les fesses, elle lui pressait entre deux doigts les ailes du nez, et la séborrhée sale dont elles étaient gorgées jaillissait des pores en petits vermisseaux à têtes noires. À chaque éclosion ils éclataient de rire entraînant dans leur hilarité le Chef des Douanes qui arbitrait le jeu et comptait les coups avec intérêt.

À l'entrée de l'étranger, la grosse femme se releva,

éberluée, mais retenant mal, en dépit de sa surprise, ses derniers pouffements :

— Faites excuses, monsieur, dit-elle, faites excuses…

Elle riait encore, relevant les mèches de cheveux qui, au cours de l'opération, lui étaient tombées sur le visage et des larmes de rire, malgré qu'elle en eût, lui pissant des yeux. Elle ajouta, comme pour donner au visiteur inattendu de réelles raisons pour l'excuser :

— C'est que, par chez nous, vous savez, on n'a pas tellement de distractions !

Ces derniers mots, qu'elle s'était efforcée de prononcer sur le ton d'une marquise jouant aux volants avec ses demoiselles, eurent, sur les deux douaniers, un effet stupéfiant : ils ne se redressèrent de leur siège que pour crouler de rire, pliés en deux, s'accrochant aux dossiers des chaises. L'un d'eux, le brigadier, trépignait littéralement, tournant sur lui-même, en chaussettes, à petits pas, et répétant inlassablement :

— Distraction ! Distraction ! Vous parlez d'une distraction !

Et l'autre, hilare, commentait en faisant le geste de se pincer le nez :

— La chasse aux vermisseaux ! Eh oui ! La chasse ! ou la pêche ! Le sport, quoi !

Siméon laissa passer l'averse. Il demeurait là, immobile, à l'entrée de la salle, se frottant l'une à l'autre ses deux mains humides, dans un geste d'ecclésiastique frileux. Si étranges que lui parussent ces étranges chasseurs, il pensait bien que leur fou rire prendrait fin, et il attendait, hochant très légèrement la tête, et s'efforçant de sourire, pour enlever à son attitude toute nuance de condamnation.

Bientôt, en effet, les rires, après quelques hoquets, s'étouffèrent ; les positions se raidirent et commença une lente et sournoise négociation sur le mode conditionnel. Que Siméon prétendît dans ce café-hôtel recevoir le gîte et le couvert parut tout d'abord de la dernière incongruité.

— C'est qu'il ne vient pas grand-chose par chez nous, lui rétroqua d'abord l'aubergiste. Vous pensez, avec ce climat ! Et le peu qui vient, on le garde pour nous. On n'a pas besoin d'étranger.

En parlant, son visage s'animait d'une fièvre hargneuse. Elle avait des lèvres épaisses, très charnues pour une femme de son âge, et qui frémissaient ; au-dessus des lèvres, lui gâtant le visage, couperosé déjà mais point laid, une forte moustache sombre et une touffe de poils blancs, rêches à force d'avoir été coupés, qui dissimulaient mais en même temps précisaient un impressionnant grain de beauté. Des poils du même genre lui sortaient des oreilles et des narines.

Siméon regardait avec douceur, avec tendresse même, ce visage méchant qui l'affrontait. Il plaidait la frugalité extrême de ses appétits, et son accomodation naturelle aux conditions d'existence les plus frustes. Il ajouta un peu maladroitement :

— J'ai beaucoup souffert autrefois… j'ai connu d'abominables horreurs…

Les deux douaniers bondirent vers lui, mus par une susceptibilité si soudaine et si semblable, que Siméon ne douta pas d'avoir commis une bévue.

— Ah ! Ah ! Monsieur se figure peut-être qu'on ne souffre pas ici ! fit le douanier en second.

Il avait un regard chafouin, les paupières boursouflées, une courte moustache un peu rousse : Siméon pressentit que, tôt ou tard, cet homme-là lui ferait du mal.

L'autre, le brigadier, était plus bonhomme – mais plus sûr de lui aussi.

— Vous verrez ça, dit-il, vous verrez ça, cet hiver… Le gel bleu… et l'autre…

Siméon prit cet avertissement pour une invite : il passerait ici l'hiver. Il coupa court à l'entretien et, traversant résolument la salle, il défit la ceinture de son manteau, le jeta sur une chaise et s'assit sur une autre, devant une des petites tables carrées disposées le long du mur. En face de lui, le long de l'autre mur, il y avait un lit pliant métallique, à peine recouvert d'un gros édredon et, au pied du lit, il vit sur une table, une cuvette et un broc. Il se releva et s'approcha de la cuvette, les deux bras tendus en avant afin de faire remonter légèrement les manches de sa chemise, de son tricot et de sa veste. Mais quand il se trouva, les poignets nus, au bord du récipient, son corps marqua un temps d'arrêt : dans la cuvette croupissait une eau grisâtre, épaisse, et dans cette eau baignait une incroyable multitude de grosses mouches. La plupart étaient mortes, noyées, mais certaines agitaient encore désespérément, à la surface de l'eau, les ailes et les pattes ; d'aucunes, déjà trempées et les ailes collées au corps, grimpaient sur les cadavres flottants de leurs sœurs, essayaient d'escalader les parois luisantes de la cuvette, et retombaient épuisées.

L'aubergiste et les douaniers suivaient des yeux, en silence, le comportement inouï de cet étranger. Une lueur de malice s'alluma dans leurs regards lorsqu'ils le virent hésiter. La perçut-il ? C'est elle qui détermina Siméon à aller de l'avant : repoussant les mouches mortes vers les bords de la cuvette, il plongea ses deux mains à plat, dans l'eau grise. Mieux : apercevant sur une assiette métallique – une de ces assiettes dites « d'excursion » – un pain de matière blanchâtre qui lui parut être du savon et sur lequel étaient collés d'autres cadavres de mouches, il s'enhardit à le saisir de la main droite. La répulsion qu'il éprouva ne fut pas celle qu'il attendait : la matière était molle et légère, un peu comme un organe interne d'animal. Il abrégea ses ablutions et, s'étant rapidement essuyé les mains à un torchon immonde qui traînait sur la tablette, il retourna s'asseoir à sa place. Il mit les coudes sur la table, croisa les mains et attendit. Il faisait face aux villageois et les regardait avec une insistance gênante.

Après quelques heures d'une attente – dont Siméon se dit en fin de compte, mais à tort, qu'elle avait dû leur sembler plus longue à eux qu'à lui – l'aubergiste, sans un mot, se rapprocha du poêle. Elle se plia en deux, pour touiller avec un manche de bois dans l'un de ses chaudrons, puis, ramassant une assiette à même le sol et la secouant en l'air pour en faire fuir les mouches et tomber les déchets, elle la remplit d'une épaisse purée brune et vint la déposer, avec une cuillère de bois, sur la table de Siméon.

— Si vous voulez vous contenter de lentilles, lui dit-elle… Ça, vous en mangerez, de la lentille…

Siméon la remercia d'un signe de tête et commença à manger : c'était fade et épais, mais ça n'était pas mauvais et il avait grand-faim. Il négocia l'octroi d'une tranche de pain :

— Du pain ! du pain ! s'exclama la patronne, en prenant à témoin les deux hommes. Non, mais je vous le dis ! Il se croit chez les Stars !

Le mot laissa Siméon perplexe, mais la bonne femme, après être allée fouiller dans un seau derrière le poêle, revint bientôt vers lui et, posant devant son assiette une sorte de beignet dur, presque noir, elle commenta d'elle-même :

— Vous pouvez leur dire, à vos Stars de la Sainte Russie, et à tous vos étrangers de l'extérieur, que chez nous, du pain, y en a pas. C'est la lentille chez nous, mon beau monsieur : soupe de lentilles, beignet de lentilles, alcool de lentilles… Et voilà.

Siméon sourit, d'un sourire qui voulait peut-être dire : « Eh bien, va pour les lentilles ! » et il mordit à pleines dents dans le beignet qui s'effrita dans sa bouche en une poussière sèche.

Tandis qu'il déglutissait silencieusement, les villageois avaient formé un rond de chaises autour de la cuisinière et ils continuaient à se chauffer les pieds dans le four ouvert, poursuivant à voix basse une conversation secrète, dont Siméon percevait parfois, sans bien comprendre, une bribe. Au-dessus de leur tête, la lampe à huile, tout enduite de graisse noire, attirait les mouches et d'autres petits insectes bourdonnants.

Bientôt les douaniers entreprirent d'enrouler autour de leurs mollets leurs bandes molletières ; les bottines ne tarderaient pas. Ils semblaient ne plus porter attention à l'étranger – ou bien s'étaient-ils entendus sur une politique à suivre – et Siméon, détendu, les regardait avec ce qu'on appelle une infinie bienveillance. « Ils font la veillée, se disait-il... la veillée au village... quel calme... quel paisible bonheur... » D'attendrissement, les larmes lui montaient aux yeux.

— Eh bien ! firent soudain les douaniers, soudain rechaussés.

Ils pincèrent leurs bérets et sortirent.

— Eh, oui ! fit, comme en écho derrière eux, la grosse aubergiste, et avant que Siméon ait eu le temps d'esquisser un mouvement, elle avait fait glisser sa robe par-dessus sa tête et l'avait lancée en équilibre sur le montant métallique du lit.

Elle se trouvait en corset – un corset dont jamais Siméon n'eût imaginé qu'il pût s'en trouver de tel : il la caparaçonnait des aisselles aux genoux ; il était fait de bougran, mais à ce point bardé de buscs, d'éclisses et de baleines, qu'assurément il devait tenir droit sur un plancher, comme une armure ; et il était crasseux, d'une crasse séculaire de cathédrale.

La première pensée qui vint à Siméon, en voyant que la patronne portait de tels dessous, fut que le geste qu'il avait surpris du douanier en second, plaquant ses deux mains ouvertes sur les fesses volumineuses, n'avait après tout rien de cochon. Mais déjà l'aubergiste sans se soucier du cours que pouvaient prendre les pensées de son hôte, agitant les bras repliés autour d'elle comme un gros insecte ses élytres, commençait à desserrer ses laçages, et vraiment on pouvait se demander comment elle allait réussir à s'extirper de cette carapace. Siméon, gêné, s'enquit confusément de sa chambre.

— C'est juste au-dessus, lui dit la femme.

— Et le chemin ? demanda encore Siméon, qui n'avait remarqué dans la salle ni porte intérieure, ni escalier, ni fenêtre.

— N'avez qu'à prendre l'échelle, acontre le fumier, lui répondit-elle.

— Une lumière ?

— Pas besoin de lumière. Je vous dis que c'est juste au-dessus.

Siméon remit son noir manteau de gabardine en releva le col, en noua la ceinture et sortit. Dans l'obscurité, sous la pluie qui n'avait pas cessé, il chercha cette échelle, à mains nues, pataugeant avec ses sandales dans le purin. Il la trouva bientôt, en effet, couchée en travers d'un épais tas de fumier, juste en face de la porte et il entreprit de la remuer. C'était une échelle coulissante à deux éléments, modèle gugumus. Et elle était lourde. Siméon se rendit compte qu'il ne pourrait jamais la soulever : aussi, s'efforça-t-il de la dresser à la verticale, puis de la faire procéder, pas à pas pourrait-on dire, en la faisant basculer sur un pied, puis sur l'autre, alternativement. Ce n'était pas facile, car il fallait la maintenir en équilibre et lui-même, mal chaussé avec ses petites sandales à lanières, glissait dans la boue et le fumier. Mais il parvint enfin, péniblement, jusque devant la façade de la maison.

Au-dessus de la porte vitrée de la salle, dont la lumière déjà s'était éteinte, Siméon aperçut une ouverture tranchée dans la maçonnerie, à trois ou quatre mètres du sol, mais ne comportant ni porte, ni vitre, ni même de châssis. Il fallait, pour y accéder, utiliser l'échelle tout entière : Siméon, posément et maladroitement, commença par défaire la corde, dont l'enchevêtrement des nœuds, raides et trempés de purin, lui résista longtemps ; puis il hissa, le long de la coulisse, l'élément supérieur et réussit à le bloquer à une hauteur suffisante. Il s'en fut ramasser son havresac et son alpenstock et escalada les degrés.

La nuit était épaisse et Siméon resta longtemps sans rien discerner. Bientôt cependant, ses yeux s'accommodant à l'obscurité, il perçut les contours de la pièce : réplique exacte de la salle du café, et comme elle était vide elle lui parut immense.

— Immense… immense… se répétait-il.

De sa vie, jamais il n'avait occupé tant d'espace. Il

en arpenta la surface, caressant les murs nus de ses doigts. Dans le coin le plus éloigné, il buta contre une sorte de table sans pied posée à même le sol, et couverte de toiles de sac.

— Le lit… mon lit… se dit-il.

Sa fatigue était grande, et si forte son envie de se glisser dans son lit, qu'il hésita à se déshabiller. Mais il se tint un raisonnement de sagesse : s'il ne se déshabillait pas le premier soir, il risquait de ne pas se déshabiller le suivant, ni aucun autre soir – de ne se déshabiller plus jamais. Il enleva en hâte ses vêtements, sa veste et son pantalon de ratine bleue, son tricot militaire, sa lourde chemise molletonnée qu'il étendit, un peu au hasard sur le plancher pour qu'ils sèchent, et puis il s'étendit lui-même, entre les toiles de sacs qui couvraient son lit, un peu frissonnant mais résolument apaisé.

À peine était-il endormi qu'il lui sembla dans l'ombre entendre un petit sifflement étouffé, comme un rire d'insecte. Il dressa la tête, fixant autant qu'il le pouvait l'encadrement noir de la sortie, et il finit par percevoir, en effet, au ras du sol, devant l'entrée, la frimousse hilare d'une fillette qui étouffait son rire, une main sur la bouche.

— Hé bien, lui dit-il, qu'est-ce que tu fais là ?

— Ah ! fit-elle… j'ai vu ton slip. Il est bleu.

Elle disait vrai : Siméon portait sur lui, en guise de slip, une culotte de bain, d'un bleu presque mauve. C'était une précaution qu'il avait prise, avant d'entreprendre son voyage : eût-il rencontré un fleuve, un lac ou qui sait ? la mer, il était prêt pour une immersion. Mais comment cette diablesse avait-elle pu surprendre ses secrets dans la pénombre ?

— Tu vois dans le noir, toi ?

— Ah ! j'en vois des choses… Salut !

Sa tête disparut de l'ouverture, et Siméon entendit bientôt, sous la pluie, le bruit d'une petite débandade…

*JOURNAL DE SIMÉON.*

*Je l'ai trouvé enfin, ce lieu de grâce et de merci… enfin, oui, presque au détour de la planète… Un cirque de montagnes, à peine accessible. Une pluie bienfaisante inonde la vallée. Ah, que de chemins arides parcourus, avant la récompense de cette pluie !*

*Les gens de la vallée m'ont paru frustes – mais bons. Ils m'ont servi une copieuse purée de lentilles qui est leur nourriture habituelle, et j'ai partagé leur pain. Le soir ils font la veillée autour du poêle à bois… Quel calme bonheur… D'attendrissement, rien qu'à les voir, je sentais les larmes me monter aux yeux…*

*Je vais ici pouvoir écrire, écrire, écrire. Je vais vider mon cœur de tout son pus. Il ne m'arrivera rien, j'en ai la conviction. Et pourtant, hier encore, j'ai été traversé par une image : lorsque ce crâne de mouton m'est tombé dans les pieds, je l'ai vu soudain multiplié par mille fois lui-même, j'ai revu l'amoncellement des charniers que je ne veux plus voir, et le sourire des dents humaines ; j'ai senti à nouveau la brûlure de l'enfer. Oui, j'ai cédé encore à la tentation de l'image… En serai-je jamais délivré ? C'est mon livre qui m'en délivrera.*

*J'habite une chambre immense : de ma vie je n'ai jamais occupé tant d'espace. Pour la première fois depuis très longtemps, j'ai un peu dormi. Et maintenant, devant ma fenêtre, j'attends le jour pluvieux qui se lève faiblement, en gribouillant ces notes.*

*Mon horizon est très limité, car la maison est construite contre les rochers, tournant le dos au village. N'importe ! Je n'en écrirai que mieux, les doigts me démangent de l'impatience d'écrire.*

*Mon pied me fait un peu mal : bêtement hier, j'ai lancé un coup contre ce crâne de mouton et je crains de m'être fêlé un ongle. Il s'est formé sous la lunule, un vilain caillot de sang noir. Je n'ai rien pour me soigner. Pourvu que la blessure ne s'infecte pas…*

*Oh ! j'oubliais ! J'ai fait cette nuit un rêve étrange : je voyais une fillette passer la tête par l'embrasure de la porte, presque au ras du plancher. Elle me chuchotait je ne sais plus quoi, la coquine, puis elle détalait comme un lapin. Si les rêves sont un signe, j'appelle celui-ci le signe du lapin…*

Siméon écrivait ainsi, aux premières lueurs de l'aube, assis en tailleur, pieds nus, devant l'embrasure de la porte, lorsqu'il vit apparaître, chacun contournant un coin de la maison et se dissimulant contre le mur, comme s'ils voulaient donner l'impression de le cerner, les deux douaniers qu'il avait rencontrés la veille au café. L'un derrière l'autre, ils escaladèrent l'échelle et bondirent dans la pièce.

Siméon se releva en hâte et recula, ses papiers à la main, mais quasiment pris en flagrant délit.

— Service… service ! fit le brigadier en s'avançant et il porta deux doigts joints à son béret.

L'autre restait dans l'embrasure, les jambes écartées, les mains sur les hanches. Ils étaient en tenue réglementaire, avec capote, bardés de ceinturons et de baudriers, le béret sur l'oreille, le revolver d'ordonnance à la ceinture.

Sur Siméon, en qui la seule vue d'un uniforme faisait renaître un foisonnement d'images abominables, l'apparence policière de ce déploiement produisit tout l'effet escompté. Il fut un instant au bord de la panique, mais maîtrisant son émotion, il parvint à se raisonner : il n'avait affaire, après tout, qu'à des douaniers – c'était évident – et non à des gendarmes. Il prit sur lui de rétorquer poliment, avec toutefois un tremblement perceptible dans la voix :

— Mais que puis-je faire pour vous, messieurs ?

Le brigadier qui s'attendait peut-être, et bien à

tort, à une riposte violente, parut satisfait. Il se mit à marcher de long en large dans la pièce, d'un mouvement de plus en plus ample à mesure qu'il parlait, au point que sur la fin de son discours, il lui arrivait de rester le dos tourné, durant plusieurs secondes, à son interlocuteur.

Je ne puis rapporter ici, dans ses termes exacts, la teneur de la longue harangue embarrassée qu'il lui tint, mais voici *grosso modo* quel en était le propos : que le corps des douanes, auquel le brigadier et son second s'enorgueillissaient d'appartenir, et que même ils constituaient, à eux deux, dans son entier, que le corps des douanes donc, dans ce pays, était quasiment chargé du travail de police, vu que de police proprement dite il n'y en avait pas – et ce, particulièrement dans l'éventualité d'un étranger de passage, éventualité qui, au dire du brigadier, ne s'était, jusqu'à ce jour, jamais encore présentée ; si bien que, de cette façon, c'était le passage même de Siméon dans le pays qui constituait le corps des douanes en force de police, et qu'en somme il ne pouvait s'en prendre qu'à lui, et non à eux, du désagrément éventuel de cette visite domiciliaire.

Le douanier en vint alors à faire mention du havresac que, selon lui, Siméon aurait essayé, la veille, de « dissimuler aux autorités ».

Siméon, ici, amorça un geste de dénégation et voulut parler, mais le brigadier qui, à ce moment lui faisait face, l'arrêta d'un autre geste, et poursuivit d'un ton sans réplique.

Il expliqua longuement et de façon à la fois fort précise et très confuse que ce havresac, son collègue et lui, dès la veille au soir, étaient en droit de « l'investiguer », vu que l'investigation relevait directement de leur service en tant que douaniers, mais que, du fait que les pouvoirs de police qu'ils se trouvaient détenir *ipso facto* par la présence même d'un étranger dans le pays, les contraignaient à une visite domiciliaire réglementaire et, attendu que Siméon avait notoirement élu domicile au domicile de Mme veuve Ham (c'est ainsi que Siméon apprit incidemment le nom de la grosse aubergiste, dont il devait savoir beaucoup plus tard que les villageois la surnommaient plus simplement : « cinq tonnes »), ils se présentaient devant Siméon en ces lieux et places, à l'heure légale (ou à peu de chose près, car on ne leur tiendrait pas rigueur, vu les circonstances, d'avoir profité de la fin d'une tournée d'inspection douanière pour le visiter domiciliairement) afin de l'enjoindre, à double titre, de se soumettre à l'investigation et à l'interrogatoire de toutes questions pouvant le concerner.

Le brigadier s'arrêta et de parler, et de marcher. Il n'était pas peu fier : il avait dû longuement méditer les arguments et les termes de sa harangue, et il considérait qu'il s'en était bien tiré. Il jeta un regard à son collègue qui montait toujours la garde, quémandant une approbation. Mais lui, qui n'avait pas suivi les raisonnements de son chef, demanda simplement :

— Et le havresac, Chef ?

— Eh bien, le havresac ? Je l'ai dit !

Siméon, devançant leur désir, sans attendre davantage, était allé cherché son sac dans le coin de la pièce et, le tenant à deux mains, il le tendit aux hommes des douanes.

Il faisait encore très sombre dans la pièce et l'on s'installa, pour la fouille, juste devant la porte-fenêtre. Siméon tremblait de peur, et craignant de commettre une nouvelle bévue, il gardait un silence prudent.

Tandis que son chef surveillait l'opération, le douanier en second défit la lanière, releva le rabat, dénoua le lacet et sortit bientôt du sac, un à un, les quatre paquets qu'il contenait et dont il déchira rapidement, sans hésiter, l'emballage : c'étaient quatre rames d'un beau papier blanc, lisse et satiné, absolument sans grain, que Siméon, avant de se mettre en route, avait choisi comme viatique, et que, dans le pays où il l'avait acheté, on appelait fièrement le papier-drelin, à cause du son presque métallique qu'il émettait lorsque, sur une feuille tendue, on appliquait une chiquenaude.

Les douaniers contemplaient avec stupeur cette cargaison illicite qu'ils venaient de saisir – la dernière qu'ils se fussent attendus à trouver dans le havresac d'un voyageur. Mais plus que l'aspect clandestin, c'était le caractère luxueux de la matière qui les stupéfiait. Sans doute dans la vallée, avait-on vu quelquefois déjà du papier : des sacs de ciment éventrés, de vieilles boîtes en carton détrempé qui traînaient dans les champs à l'époque du dégel. Mais cette finesse, cette blancheur de neige apparaissaient comme un luxe inouï.

— Et c'est... du papier, ça ? demanda le douanier.

Siméon, mis en confiance, expliqua avec un lyrisme croissant comment, dans des villes qu'il avait connues, les hommes fabriquaient le papier ; comment on broyait au printemps la fine écorce des arbrisseaux pour en faire une pâte onctueuse ; comment on battait cette pâte dans de grandes cuves avec des baguettes souples ; comment, ensuite, on la mettait à sécher au soleil sur des rivières de toile métallique si fine, si fine que les ombres s'y incrustaient parfois en images de lumières.

— Voyez vous-mêmes, messieurs, fit-il pour conclure devant les douaniers encore très circonspects.

Saisissant une des feuilles de la rame par les deux coins supérieurs, il l'éleva largement vers l'embrasure de la porte-fenêtre d'où, en dépit de la pluie, parvenait maintenant une évidente clarté. Bientôt les deux hommes virent apparaître dans la texture même du papier, une forme blanche et translucide, plus blanche encore que le blanc papier.

— Nom de dieu ! fit le brigadier sidéré. Un mouton !

Le filigrane représentait en effet une tête de mouton – ou plus exactement de bélier, entre les cornes duquel se dessinait une large croix tréflée, et tel un prestidigitateur, enhardi d'avoir réussi un tour, Siméon, lâchant un des coins de la feuille, lui donna de deux doigts une chiquenaude : le papier résonna comme une petite cloche, d'un bruit faiblement cristallin. Il croyait avoir gagné la partie.

Mais une fois passée la première minute d'émerveillement, les douaniers, se grattant la tête, retrouvèrent leur perplexité. Ils demandèrent d'abord à « vérifier » quelques-unes des feuilles, prises au hasard dans les rames. Siméon s'exécuta avec une inquiétude croissante : à chaque fois, la tête de bélier apparaissait, mais diversement centrée ou décentrée sur la surface, quelquefois tronquée, amputée même d'un œil ou d'une corne. Il arriva qu'une des feuilles inspectée présentât deux demi-têtes de l'animal.

— Voilà qui demande réflexion, évidemment, dit le chef des douanes.

— Monsieur vient nous moquer ici avec ses richesses ! fit l'autre d'un ton hargneux.

Déjà ils se demandaient s'ils ne devaient pas saisir tout le troupeau, lorsqu'il se produisit ce qu'en d'autres lieux on appelle un fait nouveau : poursuivant sa fouille, à tout hasard, et plongeant la main au fond du havresac, le douanier en second découvrit un fagot de petites bûches rondes, liées par deux rubans élastiques : des crayons.

— Que je vous explique, intervint Siméon...

Il se sentait aussi fort sur les crayons que sur les papiers. Que n'eût-il raconté à ses interlocuteurs sur le graphite et la plombagine !

— Ah ! non ! Vous n'allez pas recommencer ! lui dit-on.

Il demeura bouche bée, comme brusquement dépossédé de tout prestige, et les douaniers profitèrent de ce moment de désarroi pour procéder à un interrogatoire un peu serré. Ils voulaient tout savoir : qui il était, d'où il venait, où il allait et surtout quel usage il comptait faire de ses étranges marchandises.

Force fut bien à Siméon de s'expliquer.

— C'est que, voyez-vous, je suis écrivain... finit-il par avouer, rempli de confusion, d'une voix tremblante et les larmes lui montant aux yeux.

Et en même temps, il s'efforçait de sourire, et il offrait un visage implorant comme pour signifier : « Ce n'est pas si grave, après tout, regardez-moi, je travaille à mains nues. »

En fait, il se vantait un peu. Il aurait dû dire : « je veux être écrivain », car jusqu'alors, outre le journal qu'il avait commencé le matin même, il n'avait encore rien écrit. Au cours de son existence déchirée, il n'avait jamais réussi à trouver ni le temps ni surtout le lieu propice à l'exercice de son métier. Et cependant, les épreuves et les souffrances abominables qu'il avait subies, il ne les avait assumées que comme une expérience enrichissante, comme une matière première à partir de laquelle il élaborerait un jour une œuvre. C'est en quoi il s'était, dès l'enfance, singularisé d'entre toutes les victimes : c'est ce regard sur lui-même, et cet espoir, qui lui avaient permis de survivre. En toute conscience, il se reconnaissait le droit de se considérer comme un écrivain, et d'autant qu'il n'avait jamais envisagé d'exercer un autre métier.

On devine la stupeur que produisait son aveu sur les deux représentants de l'ordre.

— Écrivain ! Écrivain ! répétaient les deux hommes et, visiblement, ils concentraient leur esprit sur le mot dans l'espoir d'en faire naître une image.

L'un d'eux ajouta même :

— Écrivain… et nous vous trouvons là pieds nus !

— Vous adonnant à l'oisiveté ! fit l'autre.

Le brigadier, pressentant cette fois que la prise était de taille, s'appliqua à cerner davantage le suspect : il alla jusqu'à demander à Siméon « quelle sorte d'écriture il faisait ».

— Ce n'est pas facile de l'expliquer en deux mots, fit Siméon embarrassé – car dans la seconde même, il avait perçu une sorte de vision globale et cependant indéfinie du livre qu'il voulait écrire, avec la brûlure sombre de son soleil et l'ombre des cages sur le désert, avec le sable épars de sa musique aiguë, avec ses larmes, avec ce visage hagard, avec les cris de sa sœur Enina… et il entendait le chef du camp, dans sa soutane blanche, qui hurlait ses jurons démentiels : *Crucifixus ! Alleluia ! Eleison !*

— Évidemment, des cochonneries ! lança le douanier en second, qui décidément avait pris l'étranger en grippe et qui était décidé à lui fourrer le nez dans sa culpabilité.

Siméon, ulcéré, blessé au plus profond de lui-même et dans ce qu'il avait de plus sacré, réagit on ne peut plus mal, avec cette violence maladroite des faibles quand ils veulent passer à l'attaque.

— Et vous ! Est-ce que c'est une façon de se conduire avec une veuve !

L'homme comprit tout de suite à quoi il faisait allusion : à la posture dans laquelle l'étranger l'avait surpris la veille au soir dans la salle du café, tenant la grosse Mme Ham, assise à califourchon, sur ses cuisses. Rejetant sa cape en arrière, il bondit sur l'écrivain, les poings en avant, et sans doute eût-il écrasé sous les coups ce visage fragile que déjà Siméon protégeait faiblement de ses mains ouvertes – car à peine avait-il achevé sa phrase qu'il en avait pressenti les effets désastreux – si le brigadier, d'un mot, n'avait arrêté son impétueux collègue :

— Laisse, lui dit-il, et il ajouta avec un regard chargé de menaces vers Siméon : Va falloir voir à ça.

Ainsi prit fin malencontreusement, entre Siméon et les représentants de l'autorité, cette première entrevue à laquelle ils auraient pu, avec un peu de bonheur, conserver le caractère littéraire qu'elle avait pris d'abord. Mais sans doute était-ce prématuré.

Les deux hommes, sans rien ajouter, s'en retournèrent par où ils étaient venus, c'est-à-dire par l'échelle. Mais le douanier en second, encore sous le coup de sa colère rentrée, ne put s'empêcher de manifester sa rancune par un geste méchant : avant de s'engager sur l'échelle, il envoya un coup de bottine dans les rames de papier demeurées à terre devant le seuil et il grommela entre ses dents des jurons à l'adresse des moutons, quelque chose comme : « Je t'en foutrai des moutons… » ou « Va te faire foutre avec tes moutons… »

Siméon, du haut de sa porte, vit s'envoler sous la pluie, tournoyer un moment en l'air, puis se répandre çà et là sur le sol, près d'une cinquantaine de ses blancs feuillets satinés, aux précieux filigranes, en qui reposaient toutes ses espérances.

Dès que les douaniers, le béret bas sur l'oreille, eurent disparu en ronchonnant, au coin de la maison – et Siméon remarqua que cette fois, ils empruntaient l'un et l'autre *le même coin* – il descendit à son tour de l'échelle et courant partout derrière ses feuilles que le vent violent faisait tournoyer, il entreprit de rassembler, à grand-peine, son troupeau. Ce fut long et pénible. Certains feuillets étaient tombés à plat dans les rigoles de purin qui dégoulinaient des tas de fumier. La pluie tambourinait dessus, les rendant définitivement inutilisables. Siméon les ramassait tout de même, mais les roulait en boule et les jetait, et quelquefois, pris de remords, il courait après la boule, la dépliait, espérant la sauver, mais la rejetait à nouveau.

Enfin, il se retrouva au pied de son échelle, tenant à la main un gros bouquet en désordre de feuilles trempées et sales, tout ce qu'il avait pu sauver dans une périphérie accessible – car certaines, poussées par le vent, étaient parties trop loin ou derrière des palissades – et éprouvait un sentiment étrange, à peine définissable : au plus profond de sa misère, dont il était fort conscient, il serrait contre lui les feuilles qu'il avait sauvées, avec l'espérance d'un extrême bonheur – et de ce mélange de détresse et de joie naissait en lui une exaltation profonde, qui le faisait frémir et qui le fit tout à coup sangloter. Et en s'accrochant au montant de son échelle, il répétait :

— Ils ne savent pas, ils ne savent rien, ils ne connaissent pas leur bonheur, il faut que j'écrive...

C'est quand il mit les pieds sur le premier barreau de l'échelle, qu'il remarqua, soudain apaisé, qu'il était sorti ainsi, sans chaussures ni chaussettes. Et probablement, dans sa course éperdue, s'était-il cogné encore et estropié, car la plaie de son ongle, maculée de fumier, était toute sanguinolente.

# II

Siméon resta plusieurs semaines sans sortir de sa chambre – enfermé, non, car rien dans la pièce ne fermait, mais tantôt allongé sur son lit, les doigts croisés sous la nuque, tantôt assis en tailleur, sa position favorite, devant l'ouverture béante.

Sous le ciel uniformément gris, la pluie continuait de tomber, drue, abondante, incessante ; au matin et dans la journée, les gouttes étaient plus fines et plus serrées, c'étaient plutôt des stries ininterrompues, presque silencieuses ; vers le soir, c'étaient des gouttes larges et bruyantes, gonflées d'eau qui éclataient sur le sol et sur les toitures. Siméon ne se lassait pas de regarder tomber cette pluie : sur la paroi rocheuse qu'il avait devant les yeux et qui constituait à peu de chose près son horizon, il suivait, heure par heure, les ravages de l'eau sur le sol ; la terre, changée en boue jaunâtre, glissait lentement entre les rochers ; la montagne se dénudait, se répandait dans le village, et le village baignait dans une mare de boue, chaque heure plus épaisse. Mais Siméon avait connu, en d'autres temps et d'autres lieux, d'autres épreuves et il ne pouvait s'empêcher de considérer la pluie comme un bienfait du ciel à la terre.

Il ne travaillait pas. Sa sensibilité avait été mise à rude épreuve par la visite domiciliaire des douaniers et les événements abominables qui avaient suivi. Il savait qu'il ne pourrait écrire qu'une fois le calme revenu dans son cœur. Son travail, pour l'instant, consistait à retrouver ce calme, à refaire le vide dans sa pensée, en quoi la pluie incessante l'aidait prodigieusement.

Il n'avait pas eu la force de commencer son livre, il avait même renoncé à rien noter dans le journal qu'il s'était promis de tenir au jour le jour.

Le préoccupait cependant – et presque au point de le distraire – la sensation tenace et croissante qu'il commençait à éprouver dans le pied. Tout le temps qu'il restait immobile, appliqué, comme il aimait à le dire, à faire en lui *le point zéro*, il ressentait la sollicitation incongrue de son orteil. Ce n'était pas vraiment une souffrance, mais une pulsation continuelle, comme si son cœur, par un incroyable caprice, était venu se nicher dans cette phalange extrême, et faisait effort pour attirer sur lui l'attention. Siméon affectait de détourner de là sa pensée, son regard (« Hé, quoi ! se disait-il furieux, qu'on me laisse tranquille ! j'ai mieux à faire ! »), il regardait cependant, il regardait fréquemment, et il tâtait parfois délicatement, entre deux doigts, ce gros orteil biscornu qui avait pris une teinte rose-rouge et dont la peau se tendait inexorablement sous l'enflure. L'ongle, dont on aurait dit qu'il avait été soulevé par le coup de la pulpe du doigt, était fendu sur toute la longueur, et les deux moitiés, jointes encore au niveau de la lunule, allaient en s'écartant, ménageant entre elles une rimaye profonde, ourlée de sang caillé. Cela avait l'air d'un bulbe, oui, d'un oignon de pivoine sur le point d'éclore, et Siméon qui essayait d'échapper par la désinvolture au danger d'une réelle inquiétude :

— Me voilà passé jardinier ! disait-il.

Au matin du quarantième jour, alors qu'aucun événement n'avait plus marqué sa retraite, et que son cœur commençait à retrouver un bonheur calme, le disposant au travail, Siméon, en se réveillant, aperçut dans sa chambre un chat – un maigre chat noir, assez âgé, qui s'était introduit là pendant la nuit et qui sommeillait sur le sol, sur un pan de toile de sac qui avait glissé au bord du lit. Dans l'extrême solitude où il vivait, Siméon accueillit avec bienveillance cette présence vivante et cependant peu offensive. Il se leva et tendit vers l'animal deux doigts quêteurs et caressants : à leur contact il bondit en arrière, le poil hérissé, le dos arqué, toutes griffes et dents dehors ; il émettait une sorte de rauquement méchant.

— Cette bête a faim, se dit Siméon, rempli d'indulgence, et il décida d'aller s'enquérir d'une nourriture appropriée. À la limite, se disait-il encore, ce qui vaudra pour elle, vaudra aussi bien pour moi.

Mais parvenu au bas de son échelle, au lieu d'entrer directement dans la salle du café, il lui prit l'idée de contourner la bâtisse par le côté qu'il ne connaissait pas encore. À peine eut-il passé le coin – à croire qu'on attendait son passage – qu'il s'entendit appeler. L'appel était guttural et informe, on ne saurait le traduire par l'écriture autrement que par une accumulation inutile de consonnes, de m, de g, de h, agglutinées les unes aux autres, sans voyelle aucune.

Siméon tourna la tête mais ne vit rien d'abord qu'un amas de grosses pierres et de planches écroulées, sous la pluie, en contrebas de la ruelle. L'appel pourtant se répétait avec une insistance dramatique et Siméon, fouillant du regard les débris de la maison en ruine, finit par remarquer une large porte de bois qui tenait encore debout sur ses charnières et qui, après un instant, s'entrouvrit légèrement. Derrière la porte, il distingua la silhouette d'une vieille femme, assise sur une chaise et coiffée d'un bonnet. Elle s'accrochait d'une main à un bâton, de l'autre elle faisait signe d'approcher. C'est elle qui appelait de cette pathétique façon.

Siméon, naturellement amène et sachant la déférence due aux vieillards, descendit prudemment la pente raide et détrempée et, s'approchant de l'entrée, se trouva en face d'un étrange spécimen humain – si peu humain en vérité que la première image qui lui traversa l'esprit fut celle d'une de ces tortues océanes dont on affirme qu'elles peuvent vivre deux cents ans. Mais peut-on imaginer une tortue coiffée d'un bonnet ? Il contemplait avec stupeur ce visage noir et crevassé, on aurait dit l'écorce d'un érable séculaire, dans lequel s'ouvraient faiblement deux petits yeux allongés, comme ceux des reptiles. Les lèvres avaient complètement disparu à l'intérieur d'un pli du visage un peu plus marqué, un peu plus humide aussi, qui avait dû être une bouche. Siméon, qui avait pourtant connu de bien étranges horreurs, demeura à ce point fasciné par ce visage qu'il fut un long moment avant de s'apercevoir que la pluie qui ruisselait du talus entrait en force par-dessous la porte et que la vieille femme, assise sur sa chaise devant l'entrée, baignait dans l'eau, comme lui-même, jusqu'au-dessus des chevilles.

Elle appelait de plus en plus fort, à mesure que Siméon s'approchait, ou plutôt elle gémissait, un peu à la façon des sourds-muets qui enragent de ne pouvoir se faire entendre. Siméon s'aperçut pourtant qu'elle n'était pas sourde car, lorsque s'inclinant devant elle, il lui dit, un peu cérémonieusement peut-être :

— Je vous présente mes hommages, madame. Puis-je vous être utile en quelque façon ?

Elle réagit violemment, frappant le sol de sa canne, à travers le petit lac d'eau. Siméon crut pouvoir en déduire que si elle ne parlait pas, c'était simplement, peut-être, parce qu'on ne lui avait jamais appris à parler.

Quand il se fut approché à sa portée, sans lâcher pour autant sa canne, elle se mit à lui caresser de sa main libre le visage, et bientôt le corps entier, avec une fébrile passion. Le contact intime de cette main molle et rugueuse faisait à Siméon l'effet d'une caresse de pieuvre. Mais ne voulant pas blesser la vieille dame en lui laissant sentir sa répulsion, il s'efforça de garder une contenance respectueuse, et bientôt il s'habitua. Elle le caressa longtemps et, semblait-il, avec un rare plaisir, puis poussant d'étranges borborygmes, elle se mit en peine de relever la jupe de sa robe, dont le bas trempait dans l'eau, maitenant sur ses jambes, en s'aidant de son bâton, avec une extrême pudeur, une seconde jupe noire de même étoffe qu'elle portait par-dessous la première et qui, dans son esprit, devait tenir lieu *de jupon*. Ce jupon comportait une large poche, fermée par un cordon. Elle défit le cordon, plongea la main dans la poche profonde et en ressortit un œuf qu'elle fit miroiter un instant devant les yeux de Siméon ; puis, toujours poussant de petits cris, et avec une espèce de sourire, elle le lui mit dans la main.

Siméon n'avait pas jusqu'ici remarqué la moindre poule, mais il se dit qu'après tout il connaissait encore bien peu le village. Il prit l'œuf et s'inclinant à nouveau vers la vieille dame, il dit en haussant le ton et en articulant très nettement :

— Je vous remercie beaucoup, madame. Au revoir, madame.

Elle parut un peu dépitée de le voir repartir si vite. Mais que pouvait-elle faire, rivée qu'elle était à sa chaise et à sa canne ? Elle suivit de ses yeux perdus

Siméon qui s'en retournait, soulevant précautionneusement les pieds hors de l'eau.

Pris de scrupules, il se retourna une dernière fois avant de sortir du petit lac où la vieille dame, sur sa chaise, formait comme un récif :

— Je reviendrai vous voir, madame, dit-il encore. À bientôt… À très bientôt.

Mais il pensait qu'assurément le mot *bientôt* n'avait pas le même sens pour lui et pour cette dame séculaire, que toutes sortes de morts subites guettaient à chaque instant.

Siméon continua son périple autour du bâtiment, sans qu'aucun autre incident ne vînt interrompre sa course. Pour étranger qu'il fût dans le pays, il savait déjà que l'abondance de la pluie qu'il subissait n'était pas un événement notable. Mais quand il pénétra à nouveau chez Mme Ham, il était trempé des pieds à la tête : à l'entrée de la salle, son manteau dégouttait tout autour de lui. Il s'essuya le front avec son mouchoir.

Le corps des douanes n'était pas là – en tournée sans doute – mais il y avait au café, autour de la patronne, une affluence villageoise qui dépita le visiteur. Des hommes seuls, assis autour des tables ou debout autour du poêle, si matinale que fût l'heure, tenaient à la main de petits verres à liqueur et buvaient un liquide épais et noir : ce fameux alcool de lentilles dont on lui avait parlé déjà. La plupart des villageois avaient le visage recouvert de barbes hirsutes, et Siméon fut frappé par l'impressionnante proportion d'infirmes qu'il y avait parmi eux : manchots, borgnes ou unijambistes.

Les conversations bruyantes, animées, joyeuses, rigolardes même, s'arrêtèrent d'un coup à l'entrée de l'étranger, et chacun se tourna ou se retourna pour le fixer du regard. Ce silence soudain et cette minutieuse observation déplurent profondément à Siméon, mais il tint à honneur de faire face : après tout, il était dans son droit, il n'était animé que de pensées généreuses. Il marcha vers Mme Ham, non point résolument car il n'était pas, il faut le dire, d'un caractère résolu, mais enfin, s'efforçant de paraître assuré :

— Je venais vous demander un bol de lait, madame, fit-il ; c'est pour un chat qui est venu dans ma chambre.

Et sans réfléchir, car son geste n'ajoutait rien à ses paroles qui étaient fort claires, il arrondit ses deux mains jointes, comme pour former un bol de ses deux paumes, et il resta ainsi, immobile au milieu de la salle, dans cette attitude de supplication antique qui dépassait son propos et qu'il accentuait encore par son sourire humble et un peu vide. Alors d'un seul coup, ce fut, dans le silence de la salle de café, une explosion de rage, d'indignation, de cris hostiles et de mains claquant sur les tables – et ceux des villageois qui étaient debout s'asseyaient pour mieux rager, et ceux qui étaient assis se levaient pour taper du pied – et Siméon entendait de toutes parts ses propres mots répétés dix fois, chargés soudain d'une force venimeuse insoupçonnable : « Un bol de lait ! » disait l'un. « Un chat ! » faisait un autre. « Dans ma chambre ! Ah nom de Dieu ! » Et pour ce qui est de la grosse aubergiste, dont Siméon ne pouvait plus s'empêcher d'imaginer l'énorme corset dissimulé sous la robe, elle tremblait d'indignation de la tête aux pantoufles, et elle répétait elle aussi : « Un bol de lait ! Un chat ! Non mais je vous le dis ! Faut l'entendre ! »

Dans le brouhaha général, Siméon crut surprendre quelques commentaires qui l'éclairèrent assez : que de chats, on n'en avait jamais vus dans le pays ; que de lait, on ne connaissait que celui dont les jeunes mères allaitent leurs enfants, et que l'idée d'en distraire une goutte pour abreuver un animal paraissait une perversion inouïe, offensante, une *débauche ;* enfin que d'avoir inconsidérément parlé de « sa » chambre, alors qu'il était de notoriété publique que l'étranger logeait temporairement dans la remise de Mme Ham, avait été jugé très sévèrement : cela sentait son « bourgeois », son « petit monsieur ». C'était réellement haïssable.

Siméon se reprocha encore une fois d'avoir été maladroit ; il sentait combien il lui faudrait faire effort pour s'adapter à la mentalité si particulière des habitants. Ce qui l'humiliait par-dessus tout, c'était la certitude où il était qu'on ne le croyait pas : tous ces gens étaient persuadés qu'il avait inventé cette histoire de chat dans le seul but d'obtenir, pour lui, un bol de lait. Et ce mensonge leur paraissait plus infamant que la demande elle-même.

Siméon se refusa cependant à faire machine arrière : c'est par sa fermeté, le soir de son arrivée, qu'il avait obtenu un plat de lentilles et une échelle coulissante pour monter à l'étage. Il soutint crânement, et le temps qu'il fallut, les insultes et les sarcasmes des villageois. Simplement, il ne persévéra pas dans son geste et estimant s'être fait assez clairement comprendre, il laissa retomber ses mains nues le long de son corps et attendit.

— Hé bien, dit enfin l'aubergiste, on n'est pas des bêtes après tout.

Il se fit dans la salle un grand silence émerveillé. Les villageois serraient les lèvres, chacun essayant d'imaginer ce que la veuve Ham allait inventer, chacun se demandant ce que lui-même aurait fait à sa place. Or il se trouva que la présence de ces clients donna à l'aubergiste le goût de se montrer exemplaire : « Je vais lui apprendre à cet étranger, se disait-elle… ça lui servira de leçon ! »

Elle ramassa par terre une écuelle grossière, la secoua de son geste habituel pour en chasser les mouches, puis de son pas lourd et presque claudicant, elle s'approcha du poêle.

Ce poêle, je crois l'avoir dit, était une cuisinière de fonte, assez haute sur ses pattes maigres ; elle comportait, du côté gauche, un bassin réservoir ouvrant par un robinet et que Mme Ham appelait la bouilloire, improprement, puisque l'eau était censée n'y jamais atteindre le point d'ébullition. Elle vint donc au poêle, ouvrit le robinet de la bouilloire, et remplit l'écuelle d'eau chaude fumante.

— Voilà, monsieur, dit-elle, dans le silence attentif de la salle. Voilà pour votre chat. Et elle ajouta, ne pouvant résister à la satisfaction de donner une leçon publique à l'étranger : Mais qu'il n'y revienne pas trop souvent.

Le double sens de ses propos, de chacun de ses gestes était si évident que Siméon, qui avait blêmi, chercha le temps d'un éclair comment il allait pouvoir répondre. Le village aussi, et Mme Ham la première, attendait sa répartie. Mais Siméon, qui avait la sensibilité vive, avait l'esprit lent. Il se vit pris de court, son pouls battait l'affolement, ses mains nues tremblaient et au plus profond de son cœur se développait, comme une évidence lumineuse qui bientôt devait convaincre son corps entier, l'image de l'attitude qu'il devait sur-le-champ adopter : « C'est cela, se dit-il, je ne la remercierai pas. » Et de fait, lui, qui s'en était jusque-là tenu à une politesse parfaite, il prit le bol d'eau chaude des mains de Mme Ham et sans un mot, sans un sourire, sans un signe de tête, il fit demi-tour et sortit. Et il lui semblait que ce manquement volontaire et flagrant aux règles les plus évidentes de la bienséance était, de sa part, une riposte cinglante et triomphale à l'avanie qu'il avait subie. Il se prit à regretter, en sortant, de n'avoir pas un chapeau sur la tête, *pour le garder*.

Il ne se doutait pas, le malheureux, il ne pouvait se

douter de l'effet désastreux que fit sur les villageois son attitude bougonne : on l'estima cupide, exigeant, ingrat. Plus d'un familier de Mme Ham vint lui dire, en façon de condoléances :

— Vous êtes encore trop bonne avec ces étrangers. Ce sont des sournois. Ils nous grugent... se jurant bien, secrètement, d'être moins bête qu'elle, et de veiller au grain.

Et Siméon, quand il fut remonté dans sa chambre, et qu'il n'y trouva plus le chat, ne fit en somme que leur donner raison : assis en tailleur, devant sa porte, il se mit à boire lentement, à petites gorgées et avec un profond bien-être, la bolée d'eau chaude, un peu grasse, de Mme Ham.

Tandis qu'ainsi il se sustentait – et pour son ongle infecté, il ne doutait pas que cette eau presque bouillante ne fît du même coup l'effet d'une médication –, il lui revint en mémoire le présent que lui avait fait l'aïeule. Il sortit l'œuf de la poche où il l'avait enfoui, sous son mouchoir, et le tenant dans le creux de sa main, il l'examina quelques instants. Curieusement, ses pensées prirent d'abord un tour mathématique. À une époque très lointaine de sa vie, on lui avait enseigné à calculer les surfaces et les volumes des corps ovoïdes ; il se souvenait, de façon très imprécise, qu'il convenait de multiplier plusieurs fois par lui-même, et quelquefois par d'autres, un nombre bizarrement appelé « pi ». Mais la formule lui échappait.

— Que cela ne me coupe pas l'appétit ! se dit-il familièrement, plein d'indulgence.

D'un coup sec, il tenta de briser la coquille contre le bord de l'écuelle. En délayant l'œuf dans ce qui lui restait d'eau tiède, il comptait se préparer l'équivalent de ce que sa mère, autrefois, appelait un lait de poule, expression qui l'avait toujours empli de joie, à cause de ce qu'elle laissait supposer sur des fonctions extravagantes des glandes mammaires chez les gallinacées – à cause de l'idée même d'une « traite des poules » dont Siméon s'était plus d'une fois complu à imaginer un développement industriel. Et tout en remuant en lui ces pensées et ces images anciennes, il s'efforçait à coups réitérés et de plus en plus persuasifs, de briser son œuf contre l'écuelle.

— Un œuf dur, se dit-il enfin, et repensant à la façon dont la vieille l'avait extirpé des profondeurs de sa poche, il en déduisit comme une évidence : Elle l'aura fait cuire par-dessous ses jupes. Mais pendant combien de temps ?

À toute volée, il envoya l'œuf s'écraser contre le mur. Il retomba sur le sol comme une pierre et lorsque Siméon le ramassa, il vit que la coquille était lézardée de part en part. Il acheva de l'ouvrir à deux mains, un peu comme on fait d'une pomme, et lorsqu'il eut dans les mains les deux moitiés, il les examina avec circonspection : à l'intérieur de l'œuf, ce qui à l'origine avait dû être le liquide albumen, que Siméon appelait plus simplement le blanc ou la glaire, formait une substance dure et noirâtre, d'une consistance assez semblable à celle de ces champignons polypores qui se liquifient sur les souches à la fin de l'automne ; et au cœur de cette matière, occupant la cavité prévue par la nature pour le jaune de l'œuf, ou vitellus, s'était nichée, comme au creux d'un cocon, une innombrable chenillère de gros vers blancs, agglutinés les uns aux autres, et qui se mirent à grouiller tous ensemble, affolés soudain par la lumière du jour.

Le spectacle, si répugnant qu'il fût par lui-même, avait cependant pour Siméon quelque chose de plus terrible encore. Car, malgré lui, par la violence de son imagination, il se trouva assailli soudain, à nouveau, de souvenirs abominables, et il entendait les hurlements de terreur et de souffrance que poussait chacun de ces vermisseaux, comme s'ils mêlaient dans la même minute leurs premiers cris de naissance et le dernier cri qui précède une mort atroce.

Siméon savait qu'il n'avait été que l'instrument hasardeux d'une éclosion qui avait attendu si longtemps, et dans quelles obscurités, la faveur de la vive lumière. Mais il voulut parachever son œuvre et donner à la vie sa chance rédemptrice : du haut de sa fenêtre, précautionneusement, il dispersa alentour, sur les tas de fumier, l'essaim toujours hurlant des gros vers blancs.

— Papillons, papillons, murmurait-il, étourneaux, sansonnets, colibris..., comme s'il voulait repeupler le monde de merveilles disparues.

Quant au lait de poule, qu'il confectionna cependant, en écrasant et délayant dans l'eau tiède la partie encore comestible de son œuf, il eut un arrière-goût de bois moisi qui déçut ses espérances.

*JOURNAL DE SIMÉON.*

*Avec un œuf, que m'a offert spontanément une vieille voisine, avec un bol d'eau chaude que j'ai obtenu de Mme Ham, j'ai voulu me faire un lait de poule. (On ne m'a pas dit jusqu'à présent qu'il était interdit de cuisiner dans les chambres : je considère donc que c'est admis ; cela me permettra d'économiser sur les repas, car je ne suis pas riche, quoi qu'en pensent les gens d'ici.) Je voulais retrouver ainsi le souvenir des seules années heureuses de ma vie, les toutes premières, hélas ! – par lesquelles je pourrais peut-être commencer mon livre, en une sorte d'avant-propos, ou d'ouverture. Enina vivait encore. Elle était toujours derrière moi. Nous nous accrochions aux jupes de maman et nous réclamions à grands cris :*

*— Maman ! fais-nous un lait de poule ! fais-nous un lait de poule !*

*— Cot, cot, cot, disait maman. Est-ce que les poules ont du lait ?*

*— Oui, faisait Enina, heureuse.*

*Et puis, si j'en ai le courage, je pourrais attaquer le récit proprement dit par la mort d'Enina. Je voudrais me délivrer des hurlements abominables que poussait ma petite sœur quand les prêtres-supérieurs entraient dans sa cage et qui retentissaient dans tout le camp, et que je reconnaissais d'entre tous les hurlements. Ah ! ces cris, toujours dans mes oreilles et qui resurgissent à chaque instant – les cris d'Enina, torturée sous mes yeux, sous mes oreilles. Il faut que mon livre se remplisse de ces cris, j'en ai la certitude, mais comment les faire entendre ? avec quels mots ?*

*J'en ai fini, je crois, avec les formalités administratives. J'ai eu la visite des douaniers qui, dans ce pays, font office de gendarmes, circonstance très heureuse pour moi : j'ai assez bien supporté l'interrogatoire. Leurs bérets me rassuraient. Si j'avais eu affaire à de vrais gendarmes, en uniforme de gendarmes, avec des képis de gendarmes, je me serais probablement évanoui, comme cela m'est arrivé encore l'année dernière, à Vioque. Au fond je les admire, et je dirais presque je les envie, de porter leur uniforme avec une telle aisance, après tout ce qui s'est passé, après tout ce qu'ils ont fait ! Les gendarmes de Vioque étaient à ce point inconscients qu'après mon évanouissement ils me demandaient en toute innocence si je ne me sentais pas bien, si j'étais malade, ou quoi ? Ils pensaient sans doute que leur présence me réconfortait ! L'un d'eux était secouriste !*

*Quand les douaniers m'ont interrogé sur ma profession, j'ai répondu « écrivain ». Oui, je le suis, je veux l'être. Je me vantais un peu, c'est vrai, mais ainsi je leur ai rivé leur clou. Notre profession n'est pas aussi hiérarchisée que la leur. Je ne pouvais pas me présenter comme écrivain-stagiaire-de-deuxième-classe ! et l'on sait bien que chez nous il n'y a pas, comme chez eux, de grades, de classes, d'avancement…*

*J'ai décidé, oui, dé-ci-dé, de me mettre à mon livre dès que mon pied aura cessé de me faire mal. Je ne puis travailler avec cette douleur stupide qui me sollicite sans cesse. On n'est pas des bêtes, après tout ! ainsi que le disait Mme Ham. Ce qui m'ennuie, c'est que mon bobo semble s'aggraver. L'autre jour, mon gros orteil ressemblait à un oignon de tulipe et moi, tel un jardinier, j'étais entièrement occupé à contempler son éclosion ! Mais j'ai pris hier un grand bol d'eau (presque) bouillante – et cela devrait aider l'infection à se résorber.*

*J'aurais aimé garder ce chat qui est venu me rendre visite au petit matin. Je ne pense pas qu'il m'aurait distrait dans mon travail. Au contraire.*

*Ce qui me chiffonne, c'est que personne ici n'a voulu croire que j'avais rencontré un chat. Il paraît qu'il n'y en a jamais eu dans ce pays. Mais enfin, je n'ai pas rêvé !*

## III

Madame Ham l'avait servi en silence : purée de lentilles, un beignet. Siméon s'était fait à cet ordinaire qui offrait l'avantage de ne plus susciter de difficultés. Plusieurs fois par semaine, et à n'importe quelle heure du jour, il pouvait maintenant descendre dans la salle, s'asseoir à la table qui était devenue sa table. Sans un mot après un temps plus ou moins long, selon son humeur du jour – une heure ou deux, un peu plus parfois, mais quelle importance ? – la grosse aubergiste finissait toujours par déposer devant son hôte une écuelle de lentilles et une cuillère d'excursion.

Siméon, peu porté sur les conversations de table, appréciait à son prix le privilège de pouvoir prendre ses repas dans le calme, seul avec ses pensées. Il ne portait même plus attention au remuement incessant de la veuve éléphantiasique, incroyablement occupée à longueur de journée à ne rien faire, ni ménage, ni cuisine, ni couture, jamais, mais qui allait et venait dans la salle, se levant d'une chaise pour s'asseoir sur une autre, tirant la glissière du poêle et la repoussant, enlevant ses pantoufles pour les remettre aussitôt, se grattant une cuisse puis le mollet, ouvrant puis refermant la porte d'entrée et de temps à autre, comme prise d'une fureur subite et apparemment fortuite, lançant un coup de pied à une bûche ou écrasant une mouche, du plat de la main, sur une table.

Il passait peu de monde au café et Siméon, bien placé devant sa porte pour surveiller les allées et venues, choisissait pour descendre les jours où il était assuré de se trouver seul.

Comme il avait fini son repas, ce soir-là, et que, depuis plusieurs heures, il était resté là, assis face à la veuve, devant son écuelle vide, remuant péniblement ses pensées mais voulant profiter aussi, même s'il ne se l'avouait pas, de la chaleur de la cuisinière, il se leva enfin, mais au lieu de quitter tout droit la salle ainsi qu'il le faisait d'habitude, avec un demi-sourire de remerciement, il vint se planter gauchement devant Mme Ham, et lui dit tout de go :

— Il faut que je vous demande conseil.

C'était la première demande qu'il formulait, depuis l'affaire du bol de lait qui avait envenimé ses rapports avec l'hôtesse – c'était la première fois, depuis ce jour, qu'il lui adressait la parole – et elle, le voyant venir, poussa un formidable soupir, ne trouvant rien de mieux sans doute pour exprimer d'avance sa résignation, une résignation vraiment hostile.

Elle était alors assise devant le poêle, dans une position qu'elle semblait aimer : ses deux pieds déchaussés, allongés droit devant elle et reposant, sur les talons, dans le four ouvert. Elle ne tourna même pas la tête et Siméon, enhardi, poursuivit :

— Voilà, j'ai comme un bobo au pied qui s'est infecté. Il faudrait le soigner, et je…

Il s'arrêta, effrayé soudain par l'énormité de sa requête. Il avait employé à dessein le mot bobo, qui était du reste de son vocabulaire familier, afin de ne pas inquiéter la veuve. Mais n'allait-elle pas comprendre qu'il lui demandait de le soigner ?

Mme Ham laissa tomber un œil dégoûté sur les pieds de Siméon. Il avait eu bien sûr la correction de se chausser avant de descendre dîner, mais son orteil était à ce point enflé qu'il avait dû déchirer une lanière de sa sandale droite. La lanière battait dans le vide par-dessus la boursouflure énorme qui faisait saillie sous la chaussette.

— C'est une maison honnête, ici, dit enfin la bonne femme. On ne garde pas sa pourriture.

Siméon expliqua que, précisément, il lui demandait conseil – et simplement conseil – afin de s'en débarrasser radicalement et ce, moins à cause de la douleur, finalement assez bénigne, qu'elle lui causait, que par respect pour elle et pour sa maison, et pour ce village qui avait la bonté de l'accueillir.

— Ici, fit alors Mme Ham, bêtes et gens, on va chez le Croll.

C'était là tout ce que Siméon, en tant qu'étranger,

s'était permis de demander : une adresse, et il se fit expliquer, tant bien que mal, comment trouver la demeure de ce M. Croll.

— Et comment que je peux vous expliquer, si vous ne connaissez même pas le pays ! N'avez qu'à chercher vous-même. C'est dans le haut du pays, vers la Croix de Sépia.

Siméon ne se le fit pas dire deux fois. Depuis plusieurs semaines, il n'attendait qu'une occasion de visiter le village, et s'il n'avait pas jusqu'ici osé s'aventurer au-delà du pourtour immédiat du café-hôtel, c'était par crainte de passer aux yeux des habitants pour un quelconque touriste, occupé à tromper son oisiveté par de stériles promenades et de vaines curiosités. Il s'était déclaré écrivain et tenait à honneur de justifier son état, à tout le moins, par une attitude résolument sédentaire.

En vérité Siméon ne s'intéressait vraiment ni à l'architecture, ni au folklore, ni même aux beautés de la nature, et il imaginait assez que les ressources du pays dans ces domaines devaient être rudimentaires. Lors de son entrée dans le village, il n'avait remarqué ni église, ni château, ni même de ces portes cochères dont les touristes, généralement, sont assez friands. De plus, sa nature le portait à redouter tout contact avec les êtres humains. Non qu'il ne souhaitât pas, au fond de lui-même, parvenir à nouer des relations cohérentes avec les habitants du pays, mais il savait que sa vie entière n'avait été qu'un lent déchirement : il craignait que le moindre affrontement ne ravivât ses plaies ouvertes.

Cependant, puisqu'il avait maintenant un prétexte et même, aux yeux de Mme Ham qui ne manquerait pas, à l'occasion, d'en faire état, une justification : la nécessité où il était de consulter sur sa blessure M. Croll, il noua sa gabardine et s'engagea allégrement sur le chemin de la découverte.

Il pleuvait dru, comme de coutume, mais quand il eut passé le coin de la maison, une folle tentation s'empara de lui : comme un écolier en escapade, il voulut profiter, autant qu'il le pouvait, de cette occasion qui peut-être ne se renouvellerait plus, de flâner à travers le pays et, bien que Mme Ham lui eût clairement indiqué que la demeure du Croll était située dans le haut du village, il tourna sur sa droite et prit la descente. Il n'osait pas se retourner, persuadé qu'il était que la veuve le surveillait à travers les carreaux de sa porte vitrée. « Je lui expliquerai que je me suis trompé, voilà tout ! » se disait-il et il riait tout seul, et il pressait le pas autant que le lui permettait son pied douloureux, empli soudain d'une joie profonde et inespérée.

Lorsqu'il avait fait sa première entrée dans le village, Siméon avait le cœur étreint d'angoisse, l'angoisse du voyageur solitaire cherchant dans un monde inconnu un endroit où vivre ; il se sentait épié par les maisons ; il voyait les fenêtres et les portes comme des yeux rivés sur sa détresse, des bouches qui murmuraient sur son passage ; il avançait en tremblant parmi les hautes murailles de pierres, craignant qu'elles ne s'abattent autour de lui et ne l'enferment à jamais dans leur piège.

Mais maintenant, l'angoisse du gîte avait disparu de son cœur apaisé. Il se sentait par adoption, dans un monde familier, égayé même par l'idée de ce qu'il considérait comme « le bon tour » joué à Mme Ham. Il s'avançait au-devant de récréations imprévisibles, à l'affût de merveilles, prêtant une attention désintéressée et disponible à cet égrenement de foyers qui constituait le village et dont il s'essayait à deviner la vie intime et chaleureuse. « Ici peut-être, pensait-il, des enfants blonds, assis sur de hauts tabourets, devant la longue table de la cuisine, s'appliquent à décorer de décalcomanies leurs œufs à la coque… On a mis sur la table une toile cirée de couleur… je viendrai les voir un jour, un jeudi… je leur raconterai, pour les faire rire, l'histoire de Pumpernickel… Ici peut-être, une jeune femme enceinte, aux yeux très clairs, prépare en riant un coulis de tomates… Et là, un jardinier barbu, à la barbe un peu rousse, sa journée finie, a retrouvé sa distraction favorite, sa collection de papillons, dont il épingle les parangons sur des bouchons neufs… Aujourd'hui même, il a capturé un grand porte-queue machaon, dont il tamponne délicatement la tête avec une boule de coton humectée d'éther et que, dans son for intérieur, il élève au rang de maréchal, à cause sans doute du maréchal français

Mac-Mahon dont il a étudié l'histoire et retenu le nom... »

Ainsi cheminaient les pensées de Siméon, tandis qu'il cheminait lui-même sous une pluie torrentielle, dans la boue puante du village. Il avait descendu déjà les deux tiers de l'agglomération et se trouvait à la hauteur de la maison des Dogde. Au bord de la route, le crâne défoncé du mouton que Walter Dogde avait lancé du haut de son grenier et que Siméon avait envoyé là d'un coup de pied rageur et malencontreux, formait un petit récif blanc dans une épaisse flaque de boue noire ; le maxillaire inférieur et quelques dents étaient restés au milieu du chemin, à la place même où ils avaient roulé.

Siméon s'arrêta un instant pour contempler ce massacre, et peut-être se serait-il imposé de compter les dents détachées, s'appliquant à distinguer les molaires et les canines, s'il n'avait entendu un bruit métallique assez fort, venant de derrière le hangar.

Il s'approcha, contourna le hangar et se trouva presque face à face avec une femme, assez jeune encore, et plutôt maigre, qui puisait de l'eau dans une fontaine, dans un bac plus exactement, en fait dans un gros tronc d'arbre évidé et débordant d'eau de pluie. Devant le bac étaient disposées quelques larges pierres plates, formant une sorte de margelle, et c'est le bruit du premier broc rempli retombant lourdement sur ces pierres qui avait attiré l'attention de Siméon. Il s'était avancé si près, inconsidérément, qu'il lui était difficile de s'en retourner, mais comme il n'avait pas eu le temps de prévoir cette rencontre fortuite, il ne savait quelle contenance prendre. Il regardait donc, avec des yeux vides, cette jeune femme maigre à la fontaine, qui composait un étrange tableau : elle portait une robe rose, étroite, à manches courtes, extrêmement légère pour la saison – c'est du moins ce qu'il sembla à Siméon – et que la pluie lui collait au corps, comme si elle sortait d'une noyade. Ses longs cheveux jaunes, raides d'eau, lui pendaient sur le visage, accentuant son allure d'épave ; elle avait les bras et les jambes nus et blancs. Quand elle aperçut l'étranger, elle le regarda d'une façon farouche et, saisissant ses brocs, elle s'enfuit vers la maison, à petits pas pressés mais maladroits et prudents, à cause de la boue qui rendait la sente impraticable, à cause de ses mules qui lui tenaient à peine aux pieds, à cause des deux lourds brocs qu'elle portait à bout de bras et dont l'eau, à chaque mouvement, lui éclaboussait les jambes.

Siméon poursuivit sa promenade comme si de rien n'était, rejetant toutefois la tête bien en arrière, ce qui allait à l'encontre de ses attitudes naturelles, afin d'exposer son visage à la pluie bienfaisante, et croyant ainsi rejeter loin de ses pensées l'image de cette femme farouche, mais fascinante, dont l'apprivoisement s'avérerait vraisemblablement difficile.

Or il se trouva qu'un étrange enchaînement de raisons et de circonstances devait le conduire fortuitement au résultat inverse. Quand il fut arrivé tout en bas du village, il songea qu'il était temps de remonter pour se mettre vraiment à la recherche du Croll, mais l'idée de repasser sous les fenêtres des villageois soudain lui fit peur : « Que vont-ils penser ? se disait-il... Que je vais, que je viens, que je flâne ! » et ainsi, n'osant pas remonter, il continuait à descendre.

Il avait dépassé largement la dernière maison du pays, lorsqu'il remarqua, en plein champ, un peu en contrebas de la route, une curieuse petite construction : un trépied de bois, dont les jambes étaient entourées comme d'une genouillère de fil de fer, et qui supportait à hauteur d'homme une cuve cylindrique en zinc, se terminant vers le bas en bouche d'entonnoir. La pluie l'avait remplie à ras bord et elle débordait de tous les côtés.

— Tiens, se dit Siméon, n'est-ce pas quelque pluviomètre ?

C'est à ce moment qu'il lui vint l'idée saugrenue, apparemment sans rapport avec l'appareil rudimentaire qui retenait son attention, de remonter vers le haut du pays, en passant derrière les maisons, le long de la paroi rocheuse qui enserrait le village. Il n'y avait là ni chemin, ni piste. Ce fut une véritable escalade, que les trombes d'eau qui tombaient du ciel, ravinant les dévers, rendaient encore plus périlleuse. Siméon tantôt s'enlisait dans des pans d'argile détrempée, tantôt glissait sur des dalles pierreuses luisantes de pluie. Il lui arrivait de devoir franchir aussi des palissades que des villageois avaient dressées de part et d'autre de leurs maisons, ou de contourner d'énormes tas de fumier qu'ils avaient accumulés durant des années contre le flanc de la montagne. Il progressait cependant, obstiné dans son idée, conscient de ménager aux yeux des habitants sa respectabilité – et leur hargne.

Comme il arrivait donc, presque à bout de forces déjà, au niveau de la maison des Dogde, il s'aperçut avec effroi qu'elle comportait une ouverture donnant sur l'arrière, un peu plus large même que la fenêtre donnant sur la rue – et dans l'instant il ressentit ce que sa situation avait de dramatique. S'il redoutait déjà de passer pour un flâneur, comment pouvait-il accepter de courir un risque pire : celui d'être pris là pour un rôdeur ? Reprendre en sens inverse, et à la descente, le chemin qu'il avait fait, était au-dessus de ses forces. Il se vit contraint et forcé d'adopter une solution humiliante : il attendrait là que la nuit vienne et, à la faveur de l'obscurité, essayerait de ramper sans se faire voir, sous la fenêtre.

C'était l'heure où généralement le vent tombait dans la vallée et où les rideaux de pluie fine mais ténue qui parcouraient le paysage se muaient en cataractes de gouttes plus lâches mais plus épaisses. Siméon s'assit sur une pierre plate que les éboulis de terrain avaient dénudée, derrière une assez forte aiguille rocheuse qui devait, selon lui, le dissimuler parfaitement aux yeux de quiconque. Il releva et resserra autour de son cou le col de son manteau noir, rentra la tête dans les épaules, et commença d'attendre.

Il regardait le ciel bas, dont la griseur insensiblement se fonçait. À la maigre fumée qui sortait de la cheminée, et que la pluie rabattait sur le toit comme un enduit, il réussit à distinguer plus haut, tournant le dos à la route, la haute maison étroite de Mme Ham – la sienne – la seule apparemment qui comportât un foyer. Enserrant l'agglomération des toits, il n'y avait que les flancs de la montagne, celui sur lequel il se trouvait, plus abrupt, plus rocheux, et celui d'en face, comme un désert vertical de pierrailles, sans une aspérité, sans un arbre. Le haut de la vallée, barré par une impressionnante muraille glaciaire, se perdait dans la brume.

De cette lointaine observation géographique, Siméon revint bientôt à la contemplation plus proche de son pied droit, à quoi le ramenait sans cesse la douleur de son orteil. Il avait encore enflé, malmené au cours de l'escalade. Il débordait démesurément de la sandale déchirée, et sous la fine chaussette de fil vert, striée de raies noires, que Siméon avait traînée par les flaques d'eau et les bourbiers d'argile, il ressemblait maintenant à une courgette oblongue et provocante. Siméon s'en voulait d'avoir tant tardé, et de tarder encore, à se rendre en consultation chez le Croll, mais il s'efforçait de ne pas dramatiser son cas, il prenait le parti d'en rire et en regardant son « gros orteil » qui n'avait jamais si bien mérité ce surnom et que peu auparavant il avait modestement comparé, on s'en souvient, à un oignon de tulipe, il s'amusa à composer une fable : « Comment d'horticulteur on devient maraîcher ! »

Le crépuscule pluvieux tomba sur le village. Déjà Siméon discernait quelques faibles lumières qui brillaient çà et là dans les maisons. Bientôt, presque sous ses yeux, une grosse lampe à huile, d'un modèle semblable à celle du café Ham, mais de la taille supérieure, s'alluma chez les Dogde.

La lampe éclairait une cuisine, et assez fortement pour que Siméon, de la place où il était, pût distinguer une table de bois et, sur la table, une large bassine.

— Je devrais pouvoir passer maintenant, se dit-il, sans pourtant se décider, mesurant et comparant prudemment des yeux la pénombre où il se trouvait au flanc de la montagne et la faible clarté qui se répandait à l'intérieur de la maison.

Et sans doute eût-il passé, finalement, de la résolution à l'acte, s'il n'avait vu apparaître, à travers la vitre, Clara Dogde dans le champ de sa vision. Elle portait la même robe rose trempée, aux bras nus. Elle s'approcha de la table, plongea dans la bassine une main ouverte, puis, satisfaite sans doute de sa température, elle la souleva vigoureusement par les deux anses, et la déposa par terre. Il n'est pas douteux que Siméon, s'il avait pu prévoir ce qui allait se passer, eût profité de ce moment pour se glisser rapidement hors de sa cachette. Mais les événements, dès lors, allèrent si vite, qu'encore une fois il se trouva pris de court, et quasiment cloué sur place : en moins de temps encore que Mme Ham n'avait pris pour retirer sa lourde robe noire, Clara s'était débarrassée de sa petite robe rose, l'avait jetée dans la bassine et comme elle ne portait aucun dessous, elle n'eut qu'à sortir de ses mules pour entrer dans son bain.

Les rebords de la bassine lui arrivaient à peine au-dessous des genoux. Siméon la découvrait tout entière. Elle était maigre, il est vrai, mais enfin elle était jeune, et c'était une femme.

Jamais, au cours des années précédentes de sa vie, Siméon n'avait eu la chance de contempler dans des conditions aussi favorables le corps entier d'une femme vivante et nue. Sans doute, dans les villes qu'il avait connues, avait-il eu commerce, à différentes reprises, avec des prostituées. Mais comme il était pauvre, et partant économe, il ne s'était jamais résolu à payer le supplément que ces dames exigent généralement pour se dévêtir. C'est donc à des exercices furtifs et vraisemblablement précaires que se limitait son expérience féminine. L'apparition de Clara Dogde dans sa bassine le transporta d'une émotion insensée. Il ne voulait rien perdre de cette merveille, et attacha passionnément son regard à la scène fascinante qu'éclairait, dans cette cuisine, la lampe à huile villageoise. Clara Dogde, en toute quiétude, procédait à ses ablutions : puisant de l'eau avec un broc dans la bassine, elle se la faisait ruisseler sur les épaules, découvrant allégrement le nid feuillu de ses aisselles ; à main nue, elle se frottait la poitrine et le ventre ; puis saisissant, d'une main devant et de l'autre derrière, sa robe rose repliée et roulée comme un petit polochon, elle se mit à s'en frictionner le bas-ventre et l'entrecuisse, exécutant des mouvements et des flexions que Siméon, d'instinct, et bien qu'il ne connût pas le Sahara, qualifia aussitôt de touaregs.

Comme il est naturel, la joie inattendue de ses sens s'accompagna d'un mouvement violent de son cœur. Dans l'instant même où il découvrit Clara, telle Vénus émergeant de sa bassine, dans l'instant où il devina la tendresse gracile de son corps, de son ventre, en dépit et peut-être à cause même de la tournure farouche qu'avaient prise leurs premiers rapports, il s'éprit d'elle.

— Et voilà pourquoi, pourquoi, pourquoi… se disait-il, sans achever sa pensée, mais reconnaissant avec une certitude absolue que cet instant imprévisible entre tous était l'aboutissement d'une longue suite chaotique d'événements fortuits et de décisions arbitraires.

C'était pour en arriver là, pour sentir sur son cœur cette emprise exigeante et déjà douloureuse, et déjà familière. Il l'aimait, il se rassasiait d'elle, il ne pourrait s'en déprendre et déjà dans son encoignure de roches, seul à affronter sa passion et son trouble, il mit genoux en terre, il se laissa tomber assis sur ses talons, dans l'attitude du sauvage devant la source.

Entre-temps, Clara avait remis sa robe. Elle restait

à se sécher sous la lampe. Siméon redescendit du ciel. Passés les quelques instants d'exaltation qu'il venait de connaître, il retrouvait, dans ce qu'elle avait d'humiliant, sa position de rôdeur. Mais l'obscurité maintenant était totale. Il se glissa rapidement hors de sa cachette et reprit sa marche vers le haut du village, emportant jalousement le trésor d'images qu'il venait de dérober à la nuit.

*
* *

La Croix de Sépia qui dominait le village n'était pas, comme on aurait pu s'y attendre, le rituel instrument de torture dont on parsème volontiers les paysages en pays chrétien. C'était une sorte de monument de pierre, fait de deux meules de moulin, fichées verticalement en terre et se coupant l'une l'autre à angle droit, suivant leur diamètre. Les deux pierres ménageaient ainsi quatre compartiments et à l'odeur fécale qui, malgré la pluie diluvienne, s'en dégageait puissamment, Siméon comprit, sans même s'approcher, à quel usage public il était voué. Au reste, l'accumulation des excréments qui dégorgeait alentour en rendait l'abord, à première vue, inaccessible.

Aussi bien Siméon fut-il assez surpris de voir, immobile sous la pluie, juchée au centre de cette croix comme un petit échassier merdicole, à la place même où, en d'autres lieux, se fût trouvée une tête de Christ sanguinolente, une fillette de sept à huit ans, le menton posé sur son genou replié, les mains nouées autour de la cheville, et qui le regardait venir en rigolant. Elle avait le visage même de la petite apparition qu'il croyait avoir vue en rêve le soir de son arrivée – un visage un peu mongoloïde, hilare – et il se demanda tout de suite si ce rêve qu'il avait fait, et qu'il avait baptisé, on s'en souvient, le « signe du lapin », n'avait pas quelque caractère prémonitoire. Il ne s'attarda pas cependant à cette supposition et comme la fillette, malgré son étrange position, tombait à propos, il l'interrogea tout de suite.

— Peux-tu me dire où habite le Croll ? demanda-t-il à haute voix.

En guise de réponse, Louana – car c'était elle – éclata de rire. Elle regardait l'étranger avec des yeux de feu. Siméon se demanda si elle était idiote, ou quoi ? Et il allait reposer sa question d'une voix plus forte encore, et sous une forme un peu différente sans doute, par exemple en commençant sa phrase par le sujet réel : « Croll » et en évitant l'inversion qui avait pu dérouter l'enfant. Mais Louana, quand elle eut bien ri, attaqua la première, en répliquant par une nouvelle question qui laissa Siméon pantois :

— Et toi, chez la Clara, tu t'es bien rincé l'œil, hein ?

Et comme pour illustrer son expression, de son œil à elle, elle clignait malicieusement, et si vif était l'éclat de son regard que, malgré la nuit, malgré la pluie, Siméon percevait parfaitement son signe. Il sentit, sous l'affront, tout son sang qui lui montait à la tête, comme si elle l'avait violemment giflé. Il ressentit la bassesse des propos qui avilissaient ses émotions, cette complicité égrillarde qui s'établissait entre lui et la fillette et qui ternissait l'éclat de son souvenir. À travers elle, il se sentait un personnage abject, qu'il n'était pas, qu'il ne voulait pas être, et qui lui faisait horreur.

Louana, par bonheur, prenait plutôt l'affaire à la rigolade et voyant l'embarras dans lequel elle avait plongé l'étranger – Siméon demeurait sur place, tassant la terre à petits pas, se frottant les mains l'une à l'autre ou se passant gauchement les doigts dans les cheveux, le long des tempes – elle sauta de son socle avec une incroyable agilité, atterrit tout près de Siméon, et lui prit la main.

— Viens, lui dit-elle, très complaisamment, je vais te conduire.

Siméon se laissa faire avec un immense soulagement. « Après tout, se disait-il, cette petite a raison, il n'y a pas de quoi fouetter un chat – et puis c'est une fille à savoir garder un secret. » Il était déjà réconforté, heureux aussi de sentir cette petite main d'enfant dans la sienne : c'était le premier geste vraiment affectueux qu'on lui prodiguait dans le pays. Mais apparemment, il se méprenait sur les sentiments de Louana, car bientôt celle-ci, après l'avoir mené en silence, dans la boue, au fond d'une obscure venelle, lui dit soudain, en s'arrêtant devant une baraque à demi effondrée :

— Tu sais, moi aussi, si tu veux, je pourrais te montrer mon cul !

Elle poussa la porte et, suivie de Siméon, descendit chez le Croll.

Il fallait descendre en effet une sorte de rampe courbe et caillouteuse, qui commençait de l'autre côté de cette porte, pour s'enfoncer dans l'étrange domaine du Croll. Ce n'était pas une cave, non, car dans l'idée de cave, il y a l'idée de pierre : c'était plutôt une cabane de bûcheron, mais construite sous la terre grasse, sous les débris de cette maison écroulée, une sorte de galerie de mine voûtée, luisante, toute en longueur, étayée de rondins et de fagots.

Lorsque Siméon, conduit par Louana, s'engagea dans cet antre, il ne vit rien tout d'abord, tant l'obscurité y était profonde, mais il entendit des braiments épouvantables et, de temps à autre, pardessus ces braiments, des vociférations rauques et inintelligibles. Il demeura un instant pétrifié, serrant toujours dans sa main la main de la fillette et quand, enfin, ses yeux s'accommodèrent à l'obscurité, il découvrit, à la seule lueur d'un brasero, un spectacle d'une rare sauvagerie : le Croll, une espèce de géant hirsute et dépenaillé, un foulard rouge noué autour du cou, était assis à califourchon sur le poitrail d'un âne qu'il maintenait de tout son poids renversé sur le sol et, tandis qu'un villageois maintenait grande ouverte, à deux mains, la mâchoire de l'animal, il fourrageait dedans avec d'énormes morailles, probablement rougies au feu, car la caverne entière était empuantie d'une atroce odeur de chair brûlée. Siméon, déjà mal à l'aise, frémit d'horreur quand, à la suite d'un effort surhumain, ponctué par les braiments de la bête, les râles et les jurons des hommes, le Croll, triomphant, extirpa de la mâchoire une énorme molaire, qu'il brandit en l'air au bout de sa tenaille fumante, et cette dent était d'une dimension telle qu'on ne pouvait douter qu'une bonne partie du maxillaire ne fût partie avec elle.

Les hommes ne s'attardèrent pas à ce détail : fous de joie, ils passèrent leur exubérance sur l'animal qu'ils firent se relever et s'enfuir par la rampe à coups de pieds, en hurlant à chaque coup, sauvagement appliqués dans le ventre :

— Aïe, bourricot ! Aïe, bourrique !

Et aussitôt, jetant par terre leurs instruments de torture, ils se précipitèrent sur une bouteille d'alcool de lentilles, cet alcool noir que Siméon avait déjà appris à connaître, et se la passant l'un à l'autre, en vidèrent de joyeuses rasades. Le voisin, en titubant, partit à la poursuite de son âne et c'est seulement alors que le Croll se tourna vers l'étranger.

Ce qui frappa tout de suite Siméon, outre la forte haleine du bonhomme, ce fut son regard. Il était borgne – l'œil droit était fermé, les paupières collées l'une à l'autre comme celles d'un nouveau-né. (On aurait dit que depuis sa naissance, elles ne s'étaient jamais ouvertes) ; l'autre, à ce point injecté de sang que la pupille s'y détachait en clair sur un fond rouge sombre. Mais, en dépit des ravages de l'alcool, cet œil était bon, presque tendre ; ce regard cachait, à ne pas s'y tromper, une âme bienveillante et généreuse – et, bien qu'il fût complètement ivre, le Croll s'efforça de s'adresser à son visiteur avec une touchante affection, pas une affection feinte d'ivrogne, une affection sincère et naturelle :

— Alors, petit agneau, lui dit-il, en lui tapotant du plat des mains les muscles deltoïdes, on est venu voir papa Croll ? Ah bien, je vas te l'arranger, ta pauvre patte, petit agneau. Assieds-toi

« Comme les nouvelles vont vite dans un village », pensa Siméon qui, sauf à son hôtesse, ne s'était ouvert à personne de sa blessure et qui s'étonnait d'être attendu ainsi comme à un rendezvous chez un médecin de famille. Il avait un moment pensé s'enfuir en voyant avec quelle sauvagerie le Croll et son aide opéraient sur ce pauvre baudet. Mais l'affabilité du rustre l'avait touché, et il n'envisageait plus de l'offenser par une retraite précipitée. Et puis, la présence muette mais tangible de Louana, à qui le liait le si grave secret de son amour, sans qu'il sût pourquoi, le rassurait. Il lâcha sa main et vint s'asseoir sur un tabouret que lui désignait le borgne d'un mouvement de la tête.

Précautionneusement, il se déchaussa, retirant sa sandale et sa chaussette si trempée que, lorsqu'il la laissa tomber à terre, elle s'écrasa dans un petit lac. Il tendit son pied nu au Croll qui s'était agenouillé devant lui et qui le saisit à deux mains, par le talon, avec une délicatesse surprenante.

— Ouh ! mauvais ça ! fit-il. C'est pourri, ça, pourri jusqu'à l'os.

Siméon avait quelque raison de trembler, car en face du tabouret sur lequel il s'était assis, il venait d'apercevoir un billot de bois et une cognée de bûcheron.

Mais en même temps que le Croll prononçait son inquiétant diagnostic, son œil rouge s'allumait d'une lumière joyeuse. Et quoi ? puisque l'homme de l'art lui-même s'en amusait, c'est qu'il n'y avait pas lieu de craindre.

— J'vas d'abord y foutre un drain, annonça-t-il après un instant de réflexion.

Le Croll lâcha le pied de Siméon et s'en alla fureter dans les tiroirs d'une de ces vieilles commodes paysannes, encastrée dans le mur, que les antiquaires appellent vaisselier. Dans le bric-à-brac incroyable des objets les plus incongrus – il y avait là des dents d'animaux qu'il gardait, des baleines de corsets qu'à l'occasion il réparait, des boutons d'uniformes, des cartouches de revolver, et tout un petit outillage reposant sur le lit de lentilles sèches qui remplissaient le tiroir – il finit par choisir une burette à huile en acier dont il cassa, entre deux doigts, le tube effilé ; en le frottant habilement contre une pierre à fusil, il en aiguisa l'extrémité la plus fine en pointe d'aiguille. Reprenant alors le pied de Siméon, avec une autorité et une adresse peu communes, il lui enfonça, par-dessous l'ongle, jusqu'à l'os, la burette dans le gros orteil.

Siméon ressentit une douleur fulgurante, mais il était dur à la souffrance physique. Il s'agrippa des deux mains au rebord de son tabouret, serra les lèvres et n'émit pas un cri. Ce qu'il ne put éviter, c'est que son corps entier se couvrit dans l'instant d'une abondante sueur perlée.

— Tu gâches de l'eau, petit homme ! Tu gâches de l'eau ! lui dit placidement le praticien.

Mais aussitôt après, Siméon commença à éprouver un formidable soulagement : par le bec de la burette, le pus coulait en abondance, éclaboussant le pantalon du Croll qui l'essuyait à pleine main, en riant comme un gosse et en répétant :

— C'est pourriture ! C'est pourriture et compagnie !

Il se produisit alors une scène à peine croyable : lorsque le jet de pus commença à se tarir, quand il ne dégorgea plus de son conduit que goutte à goutte, Siméon vit le Croll, toujours agenouillé devant lui, saisir son pied délicatement par le talon, et l'élever jusqu'à sa bouche : par le gros bout de la burette, il se mit à aspirer fortement le liquide infect. Il s'en remplissait la bouche, recrachait derrière lui, s'essuyait les lèvres du revers de sa manche, et recommençait d'aspirer. Il refit cinq ou six fois l'opération, ne s'interrompant que pour éclater de rire, pour pousser des hurlements de joie sauvage, ou pour prendre une bonne lampée de l'alcool de lentilles. Et Louana, à chaque fois, battait des mains, les yeux brillants.

Siméon sur son tabouret subissait ces hommages avec une gêne évidente. Son cœur débordait de gratitude et d'humilité : comment pouvait-il accepter qu'un être humain aussi démuni, aussi dénué de lumière, qu'un homme qu'il avait vu torturer si cruellement un âne de village, prît sur lui d'assumer sa souffrance, de partager son infection, de lui prodiguer un tel amour, et ceci dans une joie exubérante ? Comment pourrait-il jamais l'en remercier ? En quoi en était-il digne ?

« Peut-être, se disait Siméon sur son trépied, peut-être sait-il ce que j'ai souffert autrefois ? Peut-être sait-il que je suis écrivain ? Que mon livre va purifier le monde de son horreur ? Peut-être… Les nouvelles vont si vite à la campagne… »

Mais le Croll, entre-temps, avait jugé la désinfection suffisante. Il prit encore une rasade d'alcool qui lui mit l'écume aux lèvres et le feu à la tête, puis versa le reste de la bouteille sur le pied meurtri de Siméon. Il se releva en titubant, il donna une claque sur les fesses de Louana et une bourrade amicale sur le deltoïde de Siméon. D'un geste chancelant, il lui fit comprendre que la consultation était terminée, puis comme si ce geste lui avait arraché ses dernières forces, il alla s'écrouler, le ventre en l'air, sur le tas de fagots qui constituait sa couche, et comme s'il était sur le point d'étouffer, il desserra le foulard rouge qu'il portait autour du cou.

Laissé seul avec Louana qui ne le quittait pas des yeux, Siméon entreprit de se rechausser. Le Croll n'avait pas retiré de son orteil la tige de burette qu'il appelait le drain, et il n'avait rien dit à ce sujet. Siméon crut plus sage de la conserver quelque temps, quitte à revenir le trouver pour qu'il la lui enlevât lui-même. Il dut déchirer le bout de sa chaussette pour laisser dépasser cet ongle de métal, étrangement ornithoïde, qu'il portait maintenant au bout du pied. Par chance, l'agencement des lanières de sa sandale ne lui créa pas de difficultés.

Quand il fut rechaussé, il se mit debout. Il tendit la main à Louana.

— Tu viens ? lui demanda-t-il avec un sourire de père nourricier.

— Non, je reste ici.

Sans s'arroger le droit d'intervenir dans la vie privée de la fillette, Siméon ne put s'empêcher de marquer sa surprise. Alors, elle insista :

— Je découche. Je dors ici, si tu veux tout savoir.

— Mais non, mais non, fit Siméon gêné. Ce que j'en disais…

Dans sa gêne, Louana vit une insistance. Elle éclata en fureur :

— Eh bien, va-t'en, si tu t'en vas ! Fiche ton camp ! Fous ton camp ! Sale vieux bouc ! Cochon ! Dégoûtant ! Minable ! Fous ton camp avec ta Clara, la salope, la pute ! Je le dirai à Walter, le cochon, le cocu ! Je le dirai, fous ton camp !

Elle tapait des pieds par terre, elle faisait des moulinets avec ses bras. Siméon la regardait avec stupeur, ne sachant plus s'il devait sourire ou implorer. Puis il se retourna et s'engagea dans la rampe. Louana cessa de hurler. On n'entendit plus, dans l'antre du Croll, que les ronflements de l'ivrogne qui dormait.

Siméon monta maladroitement la sente caillouteuse. Puis il s'en fut. Il regagna sa remise en claudiquant, comme un gros oiseau blessé sous la pluie.

## *JOURNAL DE SIMÉON*

*Ce n'est pas d'aujourd'hui que je commencerai mon livre… Je ne puis penser qu'à elle. Elle s'appelle Clara. Clara Clara Clara Clara Clara Clara Clara… Je ne pense qu'à la revoir. Je retournerai là-bas tous les soirs. Mais peut-être ne se lave-t-elle qu'une fois par semaine ? par mois ? par an, qui sait ?*

*Je sais bien d'où vient mon trouble, d'où vient ma joie. Jamais je n'oserai l'avouer à quiconque : les seules femmes que j'aie jamais vues entièrement nues étaient mortes. C'étaient les cadavres décharnés que les prêtres tiraient par les pieds hors du camp et faisaient jeter dans les fosses. Qu'on me comprenne. Par les barreaux de ma cage, affamé, desséché, sonné par la brûlure incessante de ce soleil-enfer, je regardais passer ces blancs corps de femmes, meurtris, souillés, morts, avec leurs mamelles pendantes, avec leur toison grêle au ventre, comme un gazon noir obstiné à pousser dans ce désert... Quand elles passaient devant moi, elles faisaient s'élever une poussière de sable blanc asphyxiante. Les quintes de toux me reprenaient, me vidant jusqu'aux entrailles. Mais je voulais voir, je me meurtrissais le visage aux grillages brûlants, je voulais voir, pour ne jamais oublier, pour pouvoir le dire un jour – et je le dirai... Jusqu'au jour où j'ai vu passer ma sœur Enina, un filet de sang noir au coin des lèvres, les bras rejetés en arrière, et ce duvet léger sous les aisselles, comme un jeune plant de menthe...*

*Clara Clara Clara Clara vivante – Clara ruisselante. Image du bonheur – Image et promesse..........*

Après qu'il eut écrit ces mots, dans un état, on l'aura deviné, voisin de la pâmoison, Siméon n'avait plus la force de tenir son crayon. Il laissa retomber ses mains ouvertes, et lorsque tard dans la nuit, Louana, sans bruit, grimpa à son échelle, elle le trouva écroulé sur le sol, dans le désordre de ses papiers épars. Il était étendu, replié sur lui-même, le visage contre le parquet, les bras en croix. Elle l'observa longtemps, sans faire le moindre bruit. Dans son sommeil – ou ne s'était-il pas plutôt évanoui ? – il poussait des plaintes continues, coupées seulement par des crises de sanglots secs. De ses doigts crispés, il lui arrivait de gratter les planches, frénétiquement, à s'en faire saigner les phalanges, puis il retombait dans sa prostration geignante.

Louana l'observa longtemps, puis il lui vint le désir – dicté par une sorte de compassion – de faire *quelque chose* pour lui. Mais quoi ? Quand elle vit, fichée dans l'orteil du dormeur, la seringue oubliée par le Croll, elle n'hésita pas : de ses petits doigts habiles, elle la saisit fermement et la retira d'un geste sec. Le pied n'avait même pas remué. Elle s'en fut sans bruit, comme elle était venue, c'est-à-dire par l'échelle. Siméon dormit longtemps – à moins qu'il ne se fût évanoui. Disons donc qu'il fut long à retrouver ses esprits.

## *JOURNAL DE SIMÉON*

*J'ai dû sommeiller un moment et je me réveille heureux. Il y a des années que je n'ai plus connu ce bonheur du réveil : c'est la première nuit que je passe avec Clara – avec l'image de Clara – et désormais, ah ! toutes ces nuits à venir avec elle... Chaque réveil avec son image qui me fera oublier les autres.*

*Je suis allé me faire soigner le pied chez le docteur du pays – disons plutôt le rebouteux, car je le soupçonne de ne pas exercer une médecine très légale ! Mais quelle délicatesse chez cet homme si rude au premier abord ! Il me parlait avec tant d'affection, il me traitait avec tant d'égards que je n'ai pas osé lui parler de paiement pour ses soins. Mais voilà ce que j'ai décidé. Lorsque j'aurai fini mon livre, lorsque mon livre aura paru, sur quelque beau papier de Corvol, je lui en réserverai un exemplaire de luxe numéroté et je m'arrangerai pour le lui faire parvenir. Il est douteux qu'il sache lire – et d'ailleurs il est borgne – mais il le tiendra dans ses grosses mains rugueuses, il le couchera dans son tiroir sur ce lit de lentilles avec ses autres trésors, et il se souviendra de moi. Il m'a appelé « petit agneau ».*

*Je suis un peu ennuyé car j'ai dû perdre en marchant la seringue d'acier qu'il m'avait fixée au bout de mon orteil malade. Peut-être aurait-il fallu que je la lui rende ! Il semble disposer d'un matériel chirurgical assez restreint.*

*J'ai rencontré dans le village, devant le seul monument du pays (intéressante construction de pierres de style mégalithique, qu'on appelle ici, va-t'en savoir pourquoi, la « Croix de Sépia » et que les villageois ont malheureusement souillée d'immondices), j'ai rencontré une fillette dont le comportement et le vocabulaire m'ont stupéfié. Tantôt elle me prenait la main, dans un geste enfantin et affectueux – et cette petite main vivante dans la mienne, c'était un peu la main d'Enina autrefois, tantôt elle m'insultait furieusement et de la façon la plus ordurière, ou bien elle me faisait des propositions carrément obscènes. Elle semble vivre dans une immoralité complète. Ne se vantait-elle pas, ouvertement, de « découcher » ? Je n'ose imaginer ce qui peut se passer entre elle et ce géant ivrogne. C'est à frémir.*

*Néanmoins, cette fillette m'intéresse. Elle n'a pas les yeux dans sa poche et elle pourra m'aider à connaître le village. En échange, je pourrais lui apprendre à lire et à écrire. Que ce serait bien de ma part, de répandre ici l'instruction ! Et cela tournerait à mon profit, puisque ces gens, que j'ai côtoyés ici, pourraient plus tard lire, et se lire les uns aux autres, mon livre… mes livres… tous mes livres à venir…*

# IV

À quelque temps de là, le Conseil se réunit dans la Salle du Conseil, afin de statuer sur le cas de Siméon.

Le passage d'un étranger dans le pays était un événement que chacun était libre de commenter à sa façon et le Corps des douanes, pour sa part, avait fait à ce sujet des rapports circonstanciés dans plus d'un foyer. Mme Ham ne s'était pas fait faute de colporter les informations. Mais il apparaissait à la longue que le passager se muait en résident. Pour le coup, chacun se sentit concerné : on réclama une délibération.

Il y avait longtemps, très longtemps, qu'on ne s'était pas réuni. La dernière séance remontait à l'affaire de la Bélière. Il coulait autrefois un cours d'eau dans la vallée, un petit torrent que les habitants avaient appelé la Bélière, à cause du bruit de troupeau qu'il faisait à l'époque de la fonte, parmi les cailloux de son lit. Dans le morne et rigoureux paysage, cette ravine mettait une note vivante et gaie et puis elle drainait hors du village les affluents de boue qui maintenant stagnaient entre les maisons.

Les villageois, sans s'en rendre compte, appréciaient et aimaient leur Bélière. Un jour, elle disparut, desséchée soudain, en plein automne, en dépit des pluies incessantes, et son lit rempli bientôt par les alluvions. Ce fut la consternation dans le pays, puis la rage, les villageois s'accusant les uns les autres de malveillance.

Il avait fallu délibérer, dans la suspicion et la haine. Il s'en fallut d'un rien que le Croll, qui apparaissait à tous comme particulièrement suspect, ne fût lapidé en exécution de la vindicte publique. Faute de preuve, on avait conclu finalement à un accident géologique. D'aucuns s'étaient proposés pour rechercher dans la haute vallée le gouffre où le torrent avait pu s'engloutir. Mais personne n'avait osé s'aventurer à franchir la moraine glacière, personne non plus n'avait voulu quitter la vallée pour vérifier si, quelque part dans la plaine, la Bélière ne resurgissait pas. On en était resté là.

Après des années, on se retrouvait donc dans la remise communale. C'était une bâtisse banale et rectangulaire, aux murs de pierre, au toit de tôle, mais sans plafond ni plancher. Elle ouvrait de plain-pied sur la rue, par une large porte à volets mobiles, qui avait permis de rentrer et qui permettrait, le cas échéant, de sortir le chariot qu'elle abritait, seul véhicule du pays, à quatre roues et à ridelles, qu'une vieille réglementation imposait de tenir toujours chargé de quatre cuves pleines d'eau. Les plus anciens du pays se souvenaient du temps où, petits garçons, ils avaient vu le grand-père du Croll travailler à la construction de ce char et du jour où, en grande pompe, on l'avait poussé jusque sous ce hangar. Depuis lors, il n'avait plus bougé car, entre la saison des pluies automnales, la neige toujours abondante de l'hiver, et la longue période du gel bleu, il n'y avait pas place pour les incendies.

Outre ce chariot inutile – mais sur le siège duquel le président des débats pouvait diriger la discussion – l'ameublement de la salle comportait une longue table, encadrée de bancs, et une énorme cuisinière de fonte, à quatre foyers, qui avait bien deux fois la dimension de celle du café Ham et que, de mémoire d'hommes, on n'avait jamais vu brûler.

Sur un socle, apposé au mur, il y avait encore le buste en plâtre d'un officier supérieur en grand uniforme – un amiral, pensait-on, puisque son bicorne était orné sur le côté d'une rose des vents – mais dont personne dans le pays ne savait qui il était. On le respectait cependant car il était, comme la cuisinière, comme la table, recouvert d'une épaisse couche de saleté et de moisissure. Il arrivait même, dans certaines conversations, qu'on fît référence à « l'Amiral » comme à une puissance lointaine et inaccessible, une quasi-majesté, la seule d'ailleurs dont on se réclamât en ces lieux, et au nom de laquelle les douaniers en uniforme exerçaient leur autorité et faisaient régner l'ordre.

À l'exception de Mme Ham qui, à cause de son veuvage, de son éléphantiasis et pour des raisons idéologiques, avait annoncé qu'elle ne participerait pas à la séance, à l'exception de l'aïeule, la voisine de Siméon, rivée sur sa chaise au milieu de son lac, tout ce que le pays comptait d'habitants étaient là : hommes, femmes et enfants, valides ou invalides – et je dis invalides pour le vieux Raurque qui n'avait qu'une jambe et un pilon, pour Schlitte, pour Berque, pour Escladoss, pour tous ceux qui avaient passé entre les mains du Croll et y avaient laissé qui un pied, qui une main, qui une oreille ou un bras, en tout vingt-six personnes, dont deux nourrissons que leurs mères, les deux sœurs Steppe, tenaient sur leurs genoux. En cas de vote, le règlement le prévoyait ainsi, la présence de leurs enfants leur donnait double voix.

Dès le début, la séance s'avéra houleuse : le Croll réclama la présidence, mais il usa pour faire valoir son droit d'un argument qui convainquit peu. Escaladant d'emblée le chariot et se cramponnant aux deux bras du siège, il cria vers ceux qui le huaient :

— Eh, quoi ! C'est le grand-père qui l'a fait, de ses mains, ce trône. Et le roi, c'est moi.

L'assistance hurlait de rire, mais le fier Brouette, le doyen d'âge, lui riva son clou :

— D'accord, fit-il, mais tu votes avec ton cul !

Le Croll bondit de la charrette et jouant du coude, se tailla une place parmi les autres conseillers, installés déjà autour de la table.

— Ah, nom de dieu ! nom de dieu ! vous ne m'aurez pas comme ça ! Je vote, moi. Je vote pour !

— Nous n'en sommes pas là, fit Aoste, le brigadier des douanes qui avait une certaine formation administrative et à qui ses fonctions frontalières conféraient quelque autorité. On savait de plus qu'il détenait une délégation de pouvoirs de la veuve Ham.

Il demanda, et obtint, que l'on travaillât d'abord tous ensemble à une reconstitution aussi complète que possible des événements, chacun apportant sa part d'informations.

— C'est moi qui l'ai vu la première ! cria Louana.

— Pas de quoi te vanter, mauvaise graine ! lui répondit sa mère, la Brigde.

Elle la gifla. Louana lui envoya sous la table un coup de pied dans le tibia qui lui fit plisser les yeux de douleur, en silence, puis elle raconta en quelques mots comment elle avait aperçu l'étranger sur la sente de la cluse, par-dessus le derrière mouvant de sa mère qui ramassait les lentilles.

On évoqua l'arrivée de Siméon au café Ham. Le douanier en second rendit compte de la visite domiciliaire et de l'investigation du havresac. Escladoss commenta l'affaire du bol de lait qui avait suscité tant de hargne parmi les clients du café, peu enclins à l'indulgence en ce qui concernait les mœurs et les usages.

— Le chat, c'est vrai, dit Louana, moi aussi je l'ai vu.

— Tais-toi, démon ! lui répondit encore la Brigde.

À nouveau elle la gifla et Louana lui envoya sous la table un nouveau coup de pied dans le tibia, au même endroit que le précédent, qui lui fit beaucoup plus mal que le premier et qui, cette fois, lui arracha un cri.

— Ouh ! cria-t-elle.

— Quoi, ouh ? demanda Steppe.

— Rien, dit la Brigde.

La discussion reprit. On parla de la promenade qu'avait faite l'étranger à travers le pays. Plus d'un villageois l'avait vu descendre la rue, pas un ne l'avait vu remonter.

— Moi, si, je l'ai vu, dit encore Louana.

— Oh, toi, on le sait, tu vois tout, dit la mère.

Mais elle n'osa pas la gifler et on ne la questionna pas davantage.

Clara Dogde ne souffla mot de sa rencontre avec Siméon devant la fontaine. Walter de même n'avait pas fait mention du projectile qu'il avait jeté sur l'étranger le soir de son arrivée.

Vint le tour du Croll. Il plaida chaleureusement en faveur de Siméon.

— C'est un agneau, c't'homme-là, dit-il, un agneau souffrant. Et en plus, c'est un savant, je vous le dis. C'est un savant. Faut garder c't'homme-là.

On proposa de l'envoyer chercher, afin de vérifier sa science.

— Opposition ! cria Walter Dogde en se levant.

Debout, il gardait les deux mains posées à plat sur la table, attitude qui lui tendait les bras, lui voûtait les épaules, lui donnait un air résolu.

Mais l'opposition n'était pas recevable ; on pouvait s'opposer à une décision, pas à un supplément d'information.

On dépêcha Louana et sa cousine Cherline, que

leur esprit déluré et leur prestesse désignaient comme messagères du Conseil. On convint de ne pas prononcer un mot pendant l'interruption de séance – et le silence, en effet, fut respecté tout le temps que dura leur absence. On entendait seulement la pluie rebondir sur le toit de tôle de la remise et, par intermittence, vagir le nourrisson de la Greuze, la cadette des sœurs Steppe, qui profitait de la pause pour le laisser brailler un peu.

Louana et Cherline n'y allèrent pas par quatre chemins. Elles escaladèrent l'échelle et se présentèrent chez Siméon.

— Service, service ! fit Louana en imitant drôlement le brigadier Aoste. Le Conseil te demande. Chausse-toi.

Siméon était pieds nus, comme à son habitude, et assis en tailleur, le dos appuyé contre le mur du fond. Il s'adonnait à ses réflexions et ses souvenirs. Il se vit pris en faute, il se troubla, se leva précipitamment, craignant qu'on imputât encore sa méditation à l'oisiveté.

— Le Conseil ? le Conseil ? quel Conseil ? répétait-il en se rechaussant en hâte, debout sur un pied, puis sur l'autre, sautillant parfois pour rattraper son équilibre. Il eut beaucoup de mal à fermer la boucle de ses sandales.

— Dois-je aussi mettre mon manteau ? demanda-t-il, avec quelque chose de pathétique dans la voix.

Les deux fillettes pouffèrent de rire : « Qu'est-ce que ça pouvait leur foutre qu'il mette son manteau ou pas ! » Mais Siméon, étreint d'une véritable angoisse à l'idée d'avoir à affronter de nouvelles épreuves, à l'idée de se voir, encore une fois, remis en question, préféra se barricader dans sa gabardine ; il en noua fortement la ceinture, en releva le col et, faisant signe aux petites de le précéder, il les suivit.

En arrivant devant la salle du Conseil, les fillettes qui jusque-là avaient marché d'un bon pas, mais sans précipitation, en se tenant par la main, se mirent à courir, entrèrent en bondissant dans la remise communale et reprirent aussitôt leur place à la table des délibérations. De cette façon, lorsque Siméon à son tour franchit le seuil de la double porte, il se trouva seul debout, en face de vingt-six personnes assises. De sa vie, il n'avait connu pareille situation. Mais, plus que ce nombre extravagant d'interlocuteurs, c'est la présence de Clara Dogde qu'il venait d'apercevoir en face de lui, dans sa petite robe rose aux bras nus, qui le paralysa brusquement à l'entrée de la salle, lui faisant fermer les yeux comme sous l'effet d'une lampe vive, lui faisant monter une écume à la bouche. Son estomac se retourna comme un gant mouillé ; il perdit connaissance et s'affaissa tout doucement sur le sol de terre battue.

Quand il revint à lui, il était allongé sur la longue table du Conseil, cerné par les conseillers assis en carré à leur place, sur les bancs. Le Croll, agenouillé auprès de lui sur la table, lui massait délicatement de deux doigts la grosse glande parotide. Siméon battit des paupières, aspira fortement, expira plusieurs fois, puis prenant appui sur ses deux mains rejetées en arrière, il se redressa et demeura assis, où il se trouvait, les jambes allongées devant lui sur la table, les orteils droits, exposé là et accessible à tous, comme une pièce à conviction.

Le premier mot qu'il entendit dans le silence encore légèrement bourdonnant de ses oreilles, fut l'invective que lui lança Walter Dogde :

— Simulateur !

Mais de toutes parts, on le fit taire. On n'était pas ici pour insulter, ni même pour accuser, simplement pour s'informer et, éventuellement, voter la décision qui s'imposerait. Le brigadier des douanes qui, décidément, prenait de l'ascendant, s'adressa à l'étranger au nom de tous :

— On nous dit maintenant que vous êtes savant. Il faudrait voir à justifier votre science.

Modeste comme il était, Siméon était déjà prêt à minimiser ses mérites. Mais le Croll, à son oreille, lui souffla les mots qu'il fallait :

— Vas-y, petit agneau. Parle-leur. Je suis pour toi.

Il puait l'alcool, mais ses paroles brûlaient. Et en face de lui, Siméon vit Louana qui lui clignait de l'œil et qui semblait, elle aussi, l'encourager du regard. Comble de fortune, il tournait le dos à Clara. Il comprit qu'il jouait sa dernière chance de bonheur, sa dignité d'écrivain, et bien que son cœur battît la chamade à se rompre, il parla :

— Un savant, c'est un homme qui sait. Et moi je sais déjà que votre vie est dure, que les conditions atmosphériques sont chez vous rigoureuses et les ressources précaires. Et si je viens comme Thémistocle – et d'autres après lui – m'asseoir sur votre foyer, ce n'est pas pour le surcharger de mon poids. Mes amis, si j'étais herboriste, je pourrais vous parler de certaines plantes, rares et odoriférantes, comme les fougères que l'on croit androgynes, et dresser devant vous l'arbre généalogique du tapioca. Mais je ne suis pas herboriste, et qu'auriez-vous à faire de ces plantes étrangères, dans un pays où ne vient que la lentille ? Si j'étais cosmographe, je saurais vous décrire le mariage des étoiles en plein ciel à des vitesses fulgurantes et la naissance des jeunes constellations à des distances qui dépassent l'entendement. Mais je ne suis pas cosmographe et cela n'est pas mon propos. On vous a dit, je crois, que je suis écrivain et, à ce titre, j'ai droit à vos égards, car comme vous tous, je travaille à mains nues. Je façonne mes mots, avec des voyelles et des consonnes que j'accroche les unes aux autres, un peu à la façon du vannier. Mais avec mes petits paniers, mes corbeilles, j'essaye d'attraper la beauté. Cela ne va pas sans souffrance. Ne croyez pas que je minimise vos épreuves, mais c'est des miennes que je dois parler. J'ai connu l'enfer du soleil sur le désert. J'ai vu se craqueler des ossements de fleurs et des corps de jeunes filles s'effriter en poudre et disparaître dans le sable. J'ai entendu le sable hurler sous la brûlure du soleil. Il faut que je vous l'avoue dès aujourd'hui, car je ne veux pas vous tromper : j'aime la pluie. Pendant les années de ma captivité, j'ai espéré du ciel le bienfait d'une goutte de pluie. Écoutez-moi, je vous le dis, l'eau c'est la vie. Il y a plus de richesse dans une seule goutte de pluie que dans les millions de planètes brûlées qui composent l'univers. Et vous êtes riches de tous ces déluges quotidiens. De votre accueil et de votre hospitalité, je sais qu'il convient ici de vous remercier. Voilà qui est fait. Mais j'ajoute : si je vous suis redevable de vos bienfaits, c'est sans remords. D'aucuns ont cru m'offenser en me faisant l'offrande publique d'un bol d'eau. Mais croyez-moi, il n'y a pas eu offense, car jamais un riche, même s'il est veuf, ne saurait offenser un pauvre. Le pauvre est si mince et si fragile qu'il passe à travers l'offense. Or, je suis plus pauvre que le plus pauvre d'entre vous, d'une pauvreté telle que le moindre présent m'enrichit comme un diadème. Les seuls diamants que j'aie jamais possédés sont les ongles de mes doigts et de mes orteils et vous savez peut-être que l'un d'eux est dans un piètre état. Peu importe. Quand on m'aurait rogné un à un les ongles qui me restent et les dents, ma dignité serait intacte et je m'inclinerais devant vous sans vergogne avec gratitude. Et maintenant il me reste à m'expliquer sur un point. On vous aura dit sans doute qu'il a été trouvé dans mes bagages une cargaison illicite de papier drelin. Je ne nie pas le fait et je m'excuse de n'en avoir pas, dès mon arrivée, fait la déclaration aux autorités. Mais je ne suis pas venu ici, comme on a pu vous le faire accroire, pour vous narguer avec mes richesses. C'est tout le contraire. Je suis venu ici pour partager avec vous le pain des mots et le vin de la phrase. Si vous le voulez – et je souhaite que vous le vouliez, je le souhaite de tout mon cœur – je vous ferai assister à une éclosion surprenante. Car mes feuilles de papier ne sont aujourd'hui qu'une matière, belle il est vrai, mais vierge et inerte, un peu comme la neige qui ne doit pas manquer l'hiver de couvrir vos montagnes. Avez-vous jamais vous-mêmes pensé à déclarer l'importation fabuleuse de toute cette neige ? Qui vous interdit pourtant de façonner avec elle des monuments fantastiques, de luxueuses sculptures qui orneraient pendant plusieurs mois votre village et qui ne vous coûteraient que la joie de les faire ? Eh bien, moi de même, si vous le voulez bien, je vais faire surgir de la neige de mon papier une architecture de beauté, qui éclairera vos veillées de l'hiver comme une petite lampe, qui fera fondre la neige de votre cœur. Vous vous demandez peut-être pourquoi, de tous les habitants de la planète, c'est vous que j'ai choisis comme mes premiers lecteurs, ou du moins comme mes premiers témoins, puisque je crois que vous ne savez pas lire – vous qui êtes justement si démunis et qui êtes relativement innocents des souffrances du monde. Je vais vous le dire. C'est que je pense sincèrement que les hommes s'y sont mal pris pour faire leur monde. Ils ont gâché le monde, ils se sont rendus indignes de le posséder. Alors celui qui veut essayer de reconstruire quelque chose, il faut qu'il reparte de rien, ou de presque rien. Pardonnez-moi de vous le dire : vous êtes ce presque rien dont j'avais besoin pour faire mes premiers pas, pour commencer à vivre. Encore un avertissement : ne vous méprenez pas sur mes desseins qui sont périlleux. Ce que je dois écrire n'est pas beau en soi. Je puis bien vous l'avouer, ce sont des horreurs que je dois décrire, des horreurs et des souffrances surhumaines – comme par exemple la mort de ma sœur Enina – et c'est à travers cette horreur que je dois atteindre la beauté, une beauté qui purifiera le monde, qui en fera sortir tout le pus, mot à mot, goutte à goutte, comme d'une burette à huile. Après quoi le monde sera meilleur, et vous-mêmes vous serez meilleurs dans un monde plus heureux. Voilà quelle est ma science.

Les villageois, à ce discours, restèrent sur le cul. Ils fussent même tombés sur le cul, tant ce langage les dérouta, s'ils n'avaient tous été assis en carré autour de la table. Quant à Siméon, allongé parmi eux, dans l'état de fatigue où il était après l'effort physique qu'il venait de faire – n'avait-il pas prononcé quelque onze cents mots à voix haute, dont certains comme *frauduleux, quotidien, cosmographe, burette* lui avaient été particulièrement pénibles ? – il demeura un instant comme un boxeur groggy : il ferma les yeux, ses traits se relâchèrent. Il était particulièrement laid dans cet instant, plus laid que le plus sauvage, le plus hirsute de ces paysans, plus laid que le vieux Raphaël, et une écume blanche commença à lui couler des lèvres, un peu semblable à celle qui vient à la bouche du cheval travaillé au mors.

On se demanda s'il allait à nouveau s'évanouir – mais non, il résistait, bien que son corps entier, ses bras, ses jambes fussent parcourus de petits tremblements. La situation aurait pu se prolonger dramatiquement, personne ne savait comment sortir du silence consterné qui avait suivi le discours ; personne ne se sentait qualifié pour y faire réponse, lorsqu'une voix s'éleva enfin, la dernière qu'on eût attendue en cette circonstance : c'est la Greuze qui parla, la cadette des sœurs Steppe.

La Greuze n'était pas exactement l'idiote du village, mais elle passait pour un peu demeurée. Depuis la naissance de son enfant, un garçon né quelque dix-huit mois auparavant, dans des conditions particulièrement pénibles et dont le Croll ne manquait pas, à l'occasion, de faire l'extravagant récit, elle s'était confinée dans un mutisme absolu, de peur, pensait-on, que le premier mot qu'elle prononçât ne révélât qui en était le père, et ce vide de mots semblait exprimer aussi un vide total de pensée, que soulignaient ses gros yeux bleus globuleux. Pendant toute la séance du Conseil, elle n'avait paru occupée qu'à empêcher son gosse de crier en lui enfonçant dans la bouche des pans de patarots imbibés d'alcool.

Et pourtant elle avait bien dû suivre les propos de l'orateur, puisqu'elle proposa soudain, d'une voix morne, et sans même lever les yeux du tas de chiffons grouillant sur ses genoux qui constituait son enfant et qui, à ce titre, lui donnait double voix au Conseil :

— Ben, y a toujours cet appareil, là, dans le bas,

ce récipient. Y pourrait s'en occuper, s'il aime tant la pluie.

Siméon comprit tout de suite à quoi elle faisait allusion. Il avait été frappé, on s'en souvient, par la présence insolite de l'appareil hydrométrique qu'il avait découvert dans un pré, en contrebas de la route, lors de son unique promenade dans le village. La proposition lui parut saugrenue et il s'apprêtait à la décliner, respectueusement mais fermement.

Or, il se trouva que la morne phrase de la Greuze fit sur la morne assemblée l'effet d'une sonnerie de cuivre. D'un coup, ce fut l'allégresse. Les villageois se levèrent de leurs bancs et applaudirent. Plus d'un, et parmi eux Walter Dogde lui-même, s'approchèrent de Siméon pour lui serrer la main, avec une cordialité unanime, pour le féliciter, moins de ce qu'il avait pu dire lui-même que, par ricochet, de ce qu'avait suggéré la globuleuse nourrice. De toutes parts, on entendait des commentaires flatteurs et satisfaits, tant à l'égard de l'assemblée souveraine qui venait de prendre une si heureuse décision, qu'à l'égard du nouveau récipiendaire. Siméon se laissa fêter avec une pudeur mal dissimulée et il ne vit pas le moyen de se dérober lorsque, pour l'introniser dans ses nouvelles fonctions, et pour donner à l'événement une apparence de solennité, on décida de se rendre tous ensemble, en cortège, vers le pluviomètre.

La pluie n'avait pas cessé pour autant – bien au contraire – mais pour une fois, et pour la première fois peut-être depuis des temps immémoriaux, elle semblait quelque peu justifiée.

Dans l'euphorie générale, le Croll avait proposé qu'on sortît la charrette de son grand-père pour mener, comme en triomphe, le nouveau citoyen (les fonctions attribuées à Siméon équivalaient à une adoption). On l'en dissuada, mais personne ne put l'empêcher de prendre par le bras le héros du jour, et de marcher avec lui en tête du cortège.

Il tenait son vieux chapeau à la main, et faisait avec lui de grands gestes vainqueurs, comme s'il saluait en passant devant ces maisons désertes des foules innombrables massées sur les balcons, comme s'il ne savait pas que, de balcons, dans le village, il n'y en avait jamais eu, comme s'il avait oublié que tous les villageois marchaient justement derrière lui : les femmes d'abords, serrées les unes contre les autres comme un banc de truites noires et babillant à bouche-que-veux-tu.

— Alors, qui te l'a fait, ton enfant ? qui te l'a fait ? Tu ne l'as pas fait toute seule ! chuchotaient-elles à l'adresse de la Greuze.

Puisqu'elle avait commencé à parler, elle pouvait bien tout dire maintenant !

Les hommes entouraient le vieux Brouette, le doyen d'âge, à une distance qui pouvait sembler respectueuse. En fait, comme il marchait plié en deux à quatre-vingt-dix degrés, les mains frôlant le sol, il occupait naturellement un espace démesuré. De plus, il dégageait, même dehors, même sous la pluie, une telle puanteur, qu'on s'écartait volontiers de lui.

Les douaniers, serrés dans leur cape, farouches, faisaient bande à part. Quelque chose les contrariait dans la brusque décision du Conseil. Ils avaient été les seuls à ne pas féliciter Siméon de sa promotion.

Enfin tout derrière, suivait de son mieux, tout seul, l'unijambiste Raurque qui, depuis des années, n'avait entrepris un tel déplacement, et dont le pilon laissait dans la boue de curieuses traces hémicycliques.

Avant la sortie du village, le Croll marqua un temps d'arrêt, se retourna et laissa le gros du cortège approcher. Puis il reprit sa marche, mais à reculons, et il entonna une chanson d'une obscénité extravagante dont, en battant la mesure, il faisait reprendre le refrain par les villageois. Siméon, de sa vie, n'avait jamais entendu une telle profération de vocables sexuels, assaisonnés d'onomatopées si parlantes, si perverses qu'il se félicitait de ne rencontrer devant lui aucun regard. Il ne pouvait cependant s'empêcher de distinguer dans le chœur hilare des villageois les voix enfantines de Cherline et de Louana qui criaient plus fort que les autres et dont les éclats de rire retentissaient jusque sur les falaises rocheuses. À leur entrain, à leur gaieté, il devinait que plus d'un choriste, au fil des couplets, joignait quelques gestes aux paroles.

— Et Clara ! mon Dieu ! Et Clara ! se disait Siméon, envahi de confusion, tel un jeune fiancé égaré avec une vierge dans un cabaret obscène.

En même temps, l'image de Clara gesticulant dans

sa bassine lui revenait en mémoire, avec une insistance gênante.

Quand, après avoir dépassé les dernières maisons, on arriva en vue du pluviomètre, dressé en plein champ, en contrebas de la route, comme un échassier solitaire, ce fut la débandade. Le Croll donna le signal. Il se retourna d'un seul coup et pris sa course à travers champs. Siméon se vit rattrapé, puis dépassé, par la meute hurlante des villageois. Même les douaniers, capes au vent, même le vieux Brouette ventre à terre comme un dératé, lui brûlèrent la politesse. Mais ce furent Louana et Cherline, bien sûr, qui arrivèrent les premières.

Quand Siméon, traînant la sandale à travers le champ boueux, parvint à son tour devant le pluviomètre, tout le village faisait cercle, sous la pluie, autour de l'appareil ruisselant d'eau. Un silence presque religieux s'était abattu sur l'assemblée.

— Mais qu'est-ce qu'il fout ! qu'est-ce qu'il fout, ce vieux con ! grommelait le brigadier des douanes, en tassant l'herbe trempée sous ses bottines.

C'est au vieil infirme, resté à la traîne, qu'il faisait allusion. Dans sa hâte, il était tombé à plusieurs reprises, et la dernière fois qu'on l'avait aperçu, c'était encore avant la maison Dogde. Il était à plat ventre dans la boue et appelait à l'aide. À cause de son pilon, il lui fallait ramper pour se relever jusqu'au bord du petit fossé. Mais une fois debout, on devine qu'il n'était pas facile pour lui d'en sortir et de remonter sur le chemin.

Il parut enfin, maculé de boue des pieds à la tête, mais hurlant de rire à travers sa barbe dégoûtante d'eau sale. Il s'arrêta à l'entrée du champ, faisant de grands mouvements avec sa béquille :

— Ah ! Ah ! Ah ! criait-il, vous parlez d'une excursion !

Ce faisant, il perdit une nouvelle fois l'équilibre et s'étala, de tout son long, dans une flaque d'eau qui couvrait le chemin.

Pour le coup, les deux douaniers revinrent vers lui, capes au vent et, le saisissant chacun par-dessous une aisselle, le traînèrent presque à l'horizontale, à travers le champ.

Il riait de plus belle, secoué par son rire autant que par ses porteurs, heureux comme un gosse au manège. La pointe de sa chaussure et l'extrémité de son pilon laissaient sur le sol fangeux des traînées entrecroisées.

— Alors ? s'écria-t-il à travers son fou rire, aussitôt que les représentants de l'autorité douanière l'eurent déposé devant le pluviomètre, alors, on la fait cette prière ?

Sans attendre d'autre réponse que les hurlements de joie de la foule, et comme si cela allait de soi, il donna le signal et, oserais-je dire, l'exemple. Les jambes écartées, bien calé dans l'herbe molle entre son pilon et sa béquille, il entreprit de défaire sa braguette. L'opération chez lui n'était pas simple car sa jambe de bois s'évasait dans sa partie supérieure en une sorte de coquetier de cuir bouilli qui lui soutenait le ventre, et il avait le ventre énorme. Enfin, il parvint à ses fins, et presque aussitôt, sans pudeur, mais sans impudeur non plus, il commença à compisser allégrement l'appareil hydrométrique.

Les habitants de la vallée ne se possédaient plus de joie. Ils exultaient. Chacun tint à honneur de participer à la cérémonie. De toutes parts, ce fut, dans l'hilarité générale, un débordement de fontaines joyeuses. On pissait ferme, on pissait dru, on pissait tout son saoul, on n'avait jamais tant pissé ; et les réflexions gaillardes, les vivats égrillards, les encouragements, faisaient se tordre les pisseurs.

Les femmes ne voulurent pas être en reste. Elles formaient, derrière les hommes, un cercle extérieur autour du pluviomètre. Elles gloussaient aux larmes, et de si bon cœur, devant le spectacle qu'ils leur offraient, qu'elles ne purent y tenir.

Laquelle s'accroupit la première ? Bientôt, des plus vieilles aux fillettes, elles ne formèrent plus qu'une ronde de gargouilles accroupies, secouées par un rire démentiel, pataugeant sous la pluie dans l'urine fumante qui se répandait bruyamment sous elles.

Dans ce pays si rude, aux ressources si limitées, l'événement prenait l'ordonnance délirante et solennelle des grandes eaux de Pietrovorej.

Siméon, laissé seul au centre du cercle, ressentait une gêne peu commune. Il était parfaitement conscient de ce que les villageois attendaient de lui : qu'il entrât dans le jeu sans arrière-pensée et participât à la fête. Un geste, et il était pour toujours adopté par le village, mieux qu'en citoyen : en ami, en frère peut-être, sous les vivats, dans les embrassements. Walter Dogde déjà, tout à l'heure, lui avait serré la main avec chaleur. Clara peut-être attendait le moment de venir l'embrasser. Un geste, et il la serrerait dans ses bras, sous la pluie. Il sentirait sous ses doigts, par-dessous la petite robe rose, l'émouvant contact de sa peau mouillée ; il sentirait sous ses lèvres, au-dessus de la tempe, la naissance fragile de sa chevelure…

Et ce geste, pourtant, tout en lui se refusait à le faire. Il perdrait Clara, il s'aliénerait le pays, il gâcherait la chance de bonheur qu'on lui offrait dans l'allégresse : il ne le ferait pas. Presque malgré lui, dans les douleurs de l'inconscient, il choisissait la voie différente, la voie difficile.

Debout devant le pluviomètre, dans une attente qui se changeait en souffrance, Siméon gardait les yeux fixés sur le sol : très exactement, il s'efforçait de restreindre son champ visuel au triangle délimité sur le sol par les trois pieds de bois de l'appareil hydrométrique. Comment, centre du cercle de la fête, eût-il pu mieux les détourner ? S'il l'avait osé, s'il n'avait pas craint d'offenser son monde, il eût fermé les yeux, il se fût surtout bouché les oreilles, car par-dessus les cris et les rires, du cercle extérieur lui parvenaient certains bruits que, dans le moment, ses sentiments pour Clara lui rendaient proprement insupportables.

Il savait que la cérémonie, de par sa nature même, ne pouvait pas durer longtemps. Il s'efforcerait de tenir jusqu'à la fin – mais soudain, doutant de ses forces et comme pour y chercher un ultime recours, il se pencha vers le pluviomètre. Il enlaça dans ses bras la cuve cylindrique et se serra contre elle ; il inclina la tête qu'il laissa reposer contre le rebord arrondi et humide du récipient. Vaincu, il ferma les yeux et s'il avait dit quelque chose à ce moment-là, il aurait murmuré simplement : « Enina ! Enina ! »

Il se dissimulait dans cet abandon une détresse qui touchait au pathétique.

Mais les villageois se méprirent à son geste un peu enfantin : influencés sans doute par les raisons que la Greuze avait exposées au Conseil, par le plaidoyer que le Croll leur avait tenu, ils virent là de la tendresse… et de la déférence.

— Regardez donc comme il l'aime, cet appareil !… Auriez-vous jamais pensé ?… C'est pourtant vrai que c'est un savant…

Voilà ce que les villageois se chuchotèrent les uns aux autres et pas un, pour une fois, ne songea à rire. C'est pénétrés d'une sorte de pudeur envers un sentiment qu'ils ne s'expliquaient pas, et respectueux d'un silence qui leur sembla brusquement s'imposer, qu'ils quittèrent le champ par petits groupes, laissant Siméon seul, en proie à ses tourments.

*JOURNAL DE SIMÉON.*

*Les misérables ! Ah, les misérables ! Il a fallu qu'ils me donnent une fonction !*

*Que leur demandais-je pourtant ? Le droit de partager leur refuge et la caresse bienfaisante de leur pluie. À peine, une assiette de lentilles...*

*Mais c'en est fini de ma paix, de mon espace nu, de mes pensées libres. Chacun sait que c'est deux fois par jour, toutes les douze heures, qu'un pluviomètre requiert attention. Comment concilier cette tâche harassante, ces responsabilités folles, ces distractions, avec l'exigence de mon travail ? Toutes les douze heures ! Ils ne m'ont pas compris ! Pensaient-ils m'honorer en parlant de ma science ? A-t-on jamais vu un agronome écrire !*

*O, ma sœur Enina, ils veulent me détourner de toi. Ils veulent m'empêcher de te rejoindre. Auras-tu donc souffert pour rien ? Ce n'est pas possible.*

*Et voilà mon pied qui me préoccupe à nouveau. Les premiers soins du Croll m'avaient procuré un soulagement certain – mais depuis quelques semaines, la douleur revient, une douleur pire, plus profonde, située, dirait-on, à l'intérieur des os ! Et mon orteil qui était la semaine dernière d'un rouge presque blanc, semble maintenant virer au bleu. Que me réserve-t-il encore ?*

*Quand je pense qu'avec cette douleur, ravivée à chaque pas, il va falloir aller deux fois par jour au pluviomètre ! Deux fois par jour, passer en boitant sous la fenêtre de Clara !*

*Je n'aime pas me plaindre, mais j'ai le sentiment que je vais au-devant de dures épreuves. Ce ne sera donc jamais fini ! Mais dans quel monde vivons-nous ?*

# DEUXIÈME PARTIE

# I

Un beau jour, vers le soir, il cessa de pleuvoir. Le vent se leva, chassa le brouillard, repoussa les nuages : on aperçut le ciel.

Siméon qui par ses nouvelles fonctions se devait d'être sensible à tout événement d'ordre météorologique – et l'événement, pour le coup, n'était pas de mince importance – sortit aussitôt de chez lui pour se rendre, ès qualités, au pluviomètre.

Il marchait mieux maintenant que le Croll lui avait enlevé son orteil infecté. À quelque temps de la cérémonie d'intronisation, la douleur de son pied était devenue telle qu'il avait été contraint de revenir consulter. Le vieil ivrogne, sans hésiter, avait procédé à l'ablation, selon une méthode qui lui était propre et que, dans d'autres pays, il n'eût pas manqué de faire protéger par un brevet d'invention.

Entourant l'orteil malade d'un fil de fer acéré et préalablement rougi au feu, il l'avait si vivement serré au moyen d'un garrot, qu'il s'était détaché du pied avec une aisance surprenante. La cautérisation de la plaie étant instantanée, pas une goutte de sang au cours de l'opération ne coula. Mais ce qui surprit le plus Siméon, qui cette fois encore avait bien résisté à la douleur, c'est que le Croll avait exigé, en paiement de ses soins, le droit de conserver l'orteil amputé. D'autorité, il l'avait enfoui, encore tout fumant, dans son tiroir de lentilles, commentant seulement, comme pour s'excuser :

— C'est l'ongle qui m'intéresse... la rimaye de l'ongle... Parce que des orteils, tu penses, j'en ai déjà quelques-uns !...

Ainsi le pauvre Siméon marchait mieux, allégé d'un cinquième de ses orteils droits.

L'absence de pluie et de brouillard transformait le paysage et Siméon en éprouvait une sorte d'allégresse.

Ce n'était pas, comme on pourrait le croire, parce que pour la première fois depuis qu'il était dans le pays, il voyait les crêtes enneigées des montagnes se découper sur le ciel dans le haut de la vallée – et l'une d'elles dessinait superbement le profil d'un homme casqué, à la trogne médiévale. C'était à cause du sentiment bien naïf, qu'il éprouvait, d'avoir, à force d'assiduité et de précision dans sa tâche quotidienne, obtenu quelque résultat. Car personne ne peut s'y tromper : en confiant à un homme d'études, et qui passait pour savant, la gestion de l'appareil hydrométrique, chacun formait la secrète espérance que les conditions climatiques, dans la vallée, ne manqueraient pas de s'améliorer. Siméon lui-même s'était très vite senti écrasé sous le poids de ses responsabilités. Parcourant chaque jour, et deux fois par jour, toute la longueur du village, il lui arrivait de rencontrer quelques villageois :

— Alors ? Il pleut toujours ?... Alors ? et cette pluie ? lui demandait-on d'un ton narquois.

Il ne savait que répondre. Il se sentait coupable, et comme honteux. Lorsqu'il croisait Clara, ruisselante d'eau dans sa petite robe rose, il détournait les yeux. Les pages de son journal, semaine après semaine, se remplissaient de cette amertume de se savoir mal jugé par ceux qui lui avaient fait confiance, mais impuissant à retourner la situation à son avantage. Et le temps passait.

La cessation subite des précipitations avait donc rempli son cœur d'espérance. On allait lui en savoir gré, pensait-il.

Devant la maison communale, dont la porte était grande ouverte, il aperçut les douaniers en proie à une grande agitation : la cape rejetée en arrière sur les épaules, ils tenaient chacun une planche à la main et assenaient des coups réitérés sur un obstacle assez élevé qui obstruait le seuil de la salle du Conseil. Ce faisant, ils vociféraient, allant, semblait-il, jusqu'à proférer des imprécations.

Siméon, surpris par leur comportement et plus encore par ce manquement flagrant aux usages du corps des douanes, continua de s'approcher, puisque, aussi bien, la salle du Conseil était sur son chemin, et vit que l'obstacle qui suscitait la hargne des deux hommes était la croupe d'une vache arc-boutée, qui refusait d'entrer plus avant. C'était une vache d'une maigreur squelettique, mais dont le ventre énorme semblait gonflé par une hydropisie chronique.

« Elle aura mangé de la luzerne attaquée par la cuscute », se dit tout de suite Siméon, et il allait faire part de sa réflexion aux douaniers, leur prouvant qu'il était capable de s'intéresser aux choses de la campagne, lorsque ceux-ci, lâchant brusquement les planches qu'ils tenaient à la main, d'un même mouvement bondirent sur la vache et, à coups d'épaules, comme on enfonce une porte, la firent culbuter à l'intérieur de la salle.

Aussitôt après, avec un synchronisme très étudié dans leurs gestes, ils tirèrent les deux battants de la porte et, sous l'œil médusé de l'écrivain qui n'avait pu placer un mot, ils s'enfermèrent avec la vache dans la salle du Conseil. Sur le seuil, Siméon remarqua dans la boue des traces éparses d'un liquide étrange, qui semblait quelque chose comme un sang laiteux.

À peine avait-il commencé à s'interroger sur la scène qu'il venait de surprendre – et les questions arrivaient en foule à son esprit : d'où sortait donc cette bête ? Pourquoi avait-elle le ventre gonflé ? Pourquoi perdait-elle son sang ? Pourquoi les douaniers s'enfermaient-ils avec elle dans la salle du Conseil ? – à peine avait-il donc dépassé la maison communale, qu'il aperçut le vieux Raurque dégringolant sur le derrière l'un des couloirs de boue de la muraille rocheuse qui bordait la route. Dans sa glissade, il tendait son pilon en avant, un peu à la façon d'une machine de guerre romaine et il amassait, entre ses cuisses ouvertes, un épais coussin de glaise, en forme d'as de cœur.

Enroulé sur ses épaules comme une couverture, tel un petit saint Jean barbu il tenait par les pattes un mouton.

Siméon aida à se relever le vieil infirme dégouttant de boue et fort embarrassé de son fardeau. Il tenta d'engager avec lui une conversation affable.

— Il semble, lui dit-il, que le temps veuille s'améliorer...

— Ouais, répondit Raurque en s'éloignant déjà, son mouton autour de la nuque. Vous feriez tout aussi bien de vous attraper une bête – Au moins un oiseau, s'il en reste !

Le sens de ces propos échappa à Siméon. Il poursuivit son chemin, mais manqua bientôt de se faire renverser par un âne qui déboula devant lui, de derrière un hangar, en poussant des braiments – et à la queue de cet âne, braillant aussi fort que lui, s'accrochait le Croll, couvert de boue et de crottes des pieds à la tête, et emporté par sa prise dans une course folle.

Passant devant la maison des sœurs Steppe, il vit l'aînée occupée à clouer des planches contre les volets de la fenêtre, tandis que la cadette descendait elle aussi de la montagne, en portant dans ses bras, un peu comme elle faisait d'habitude de son enfant, un bouc famélique et trempé d'eau.

Tout ce déploiement animalesque n'était pas sans surprendre Siméon. Il avait bien observé, ici et là, au cours de ses quotidiennes allées et venues dans le village, d'impressionnants tas de fumier qui étaient manifestement d'origine animale, mais d'animaux, il n'en avait point rencontré jusqu'à ce jour – exception faite pour l'âne fébrile qu'il avait vu opérer, on s'en souvient, dans l'antre du Croll et qui, depuis, n'avait point reparu au village.

Il avait pu vérifier aussi que les villageois, ainsi que l'avait affirmé Mme Ham le jour de son arrivée, se nourrissaient exclusivement de lentilles ; jamais il n'avait découvert, en aucune platée, le moindre rogaton de lard ou de couenne, pas même une peau de ce saucisson d'âne, dont on dit que les Polonais sont friands.

D'où provenait soudain, comme avec l'arrêt de la pluie, cette avalanche de viande sur le village ? Siméon aurait pu pressentir que des événements insolites se préparaient dans la vallée.

La fenêtre des Dogde qui donnait sur la rue était déjà, comme celle des sœurs Steppe, barricadée de ses volets et bardée de grosses planches. Nul doute que l'autre ouverture, celle qui donnait sur le flanc de la montagne, ne fût également obstruée. Bien qu'il se le fût promis cent fois, Siméon n'avait plus jamais osé repasser derrière la maison – mais le souvenir qu'il gardait de sa première escapade était encore si vif et si précis qu'il ne sentait pas vraiment la nécessité d'en renouveler l'expérience.

Au reste, puisque maintenant il descendait officiellement chaque jour, et deux fois par jour, la rue du village, sous l'œil vigilant des habitants, il lui était impossible de ne pas la remonter un nombre de fois égal. Il attendait donc d'autres circonstances pour rencontrer à nouveau Clara – et ce jour-là, par chance, comme il inspectait du regard les alentours de sa maison, il la surprit, comme le premier jour, penchée au-dessus de la fontaine.

Sans hésiter, il vint vers elle. Après tout, il n'était plus un étranger dans le pays et il se sentait parfaitement habilité à bavarder quelques instants avec une jeune femme qui avait voté pour lui, comme les autres, au Conseil, et pour laquelle il s'était déjà publiquement, quoique secrètement, évanoui. Il vint vers elle et, tranquillement, ou du moins maîtrisant au mieux qu'il pouvait son émotion, il s'assit sur le bord de la fontaine.

Très vite, il lui apparut que Clara, cette fois, dans sa robe rose de chaque jour, n'était pas venue là pour puiser de l'eau mais, tout au contraire, pour vider le bac de son eau : avec une écope rudimentaire, mais relativement commode, elle expulsait sur la margelle de larges pelletées d'eau, qui s'étalait sur le sol avec un bruit de claques. Elle était arrivée presque à la fin de sa besogne et déjà son écope de bois raclait le fond du tronc d'arbre évidé en fontaine, arrachant à chaque pelletée des lambeaux de la mousse gluante et filandreuse qui en tapissait le fond. La régularité de ses gestes composait, avec ce bruit de bois raclé, avec le chuintement de l'eau dans la cuve, la chanson d'une petite locomotive.

Siméon était très sensible au charme un peu exotique de la scène. « Voilà le moment de déclarer mon amour, se disait-il. Les circonstances sont très favorables. »

Il chercha par quel biais attaquer. Il prit le premier qui lui vint à l'esprit :

— La chaudière d'une locomotive, commença-t-il, d'une voix calme et douce, en regardant droit devant lui, ressemble toujours à la petite fontaine à vapeur qu'inventa le marquis de Worcester, en 1663. Elle comprend une boîte à feu, ou foyer, enfermée dans une autre boîte, entretoisée avec elle. L'intervalle compris entre ces deux boîtes est rempli d'eau. Il forme ce qu'on appelle les lames d'eau. Les gaz chauds du foyer passent dans des tubulures et emplissent la boîte à fumée, tandis que la vapeur s'accumule dans un petit dôme. Le principe, vous le voyez, ma chère Clara, est très simple : il consiste à enfermer du feu dans de l'eau. Ne voit-on pas parfois un volcan immergé dans un lac ? Mais la force de la vapeur est invraisemblable : à la surface de la terre, une goutte d'eau changée en vapeur occupe 1700 fois son propre volume ! Et rien ne l'arrête. Alors, imaginez que toute cette force soit utilisée à pousser un piston enfermé dans un cylindre et que ce piston soit relié à des bielles et des manivelles, calées à angle droit pour éviter les points morts et permettre le démarrage en toutes positions…

À ce moment, Clara poussa un petit cri. Dans le fond de la fontaine, à demi enfouies sous les mousses, elle venait de découvrir deux jeunes grenouilles, à peine sorties de l'état têtard et qui, brusquement affolées par le va-et-vient de l'écope, se mirent à sauter inconsidérément, se cognant la tête contre les parois du tronc d'arbre.

Clara, d'un geste vif, en attrapa une. Elle la garda un instant dans le creux de sa main et l'examina avec soin, comme pour vérifier qu'elle avait perdu ses branchies et qu'elle avait acquis des pattes et des poumons. Il lui restait bien encore un petit bout de queue, mais enfin, elle était viable.

Clara sentait entre ses doigts battre le cœur pharamineux de la petite batracienne. Alors, brusquement, devant Siméon sidéré, écartant les jambes et relevant d'une main le devant de sa robe, de l'autre elle s'enfouit la grenouillette dans le sexe, assez profondément, semblait-il, pour qu'elle n'eût plus à se soucier d'elle, mais avec un naturel et une aisance qui laissaient supposer qu'elle n'avait fait que cela toute sa vie.

— En voilà une que le mari ne trouvera pas ! dit-elle simplement, avec un petit rire plein de sous-entendus.

Et l'autre ? L'autre, elle la cueillit au fond de la fontaine, elle l'attrapa au vol, pourrait-on dire, comme un serpent fait d'une mouche ; elle la garda un instant dans le creux de sa main pour sentir battre son cœur et vérifier qu'elle était viable, puis elle la mit d'autorité dans la main de Siméon.

— Prenez vous celle-là, dit-elle. Nous autres, on s'arrangera toujours.

Là-dessus, elle s'en fut en courant, autant que le lui permettaient sa robe étroite et ses mules trempées d'eau, secouée d'un fou rire nerveux, comme si on l'avait brusquement chatouillée.

Siméon parut un instant dépité. Volontiers, il fut resté encore à parler d'amour avec Clara, au bord de la fontaine.

Le soir tombait. C'était la première soirée au ciel clair qu'il connaissait depuis son arrivée dans la vallée. Qui sait si dans l'obscurité naissante qui eût dissimulé la laideur de son visage, il ne se fût pas enhardi à la regarder, à lui sourire, à lui prendre la main sous les étoiles ? Au lieu de quoi elle s'était enfuie, lui laissant seulement dans la paume une grenouille palpitante, dont il ne savait que faire, dont il ne savait même pas si c'était par jeu, par défi, par pitié, par mépris ou par respect, par provocation amoureuse peut-être qu'elle lui avait été donnée.

« Dans quel curieux monde nous vivons ! » se disait Siméon en redescendant sur la route. Il en arrivait à ne plus rien comprendre des usages ni des relations, il en arrivait à se demander pourquoi diable il se rendait encore à ce pluviomètre désuet, dont il n'espérait plus la moindre justification.

Louana l'y attendait. Ce n'était pas la première fois que la fillette guettait le passage de Siméon. Elle avait repéré ses heures d'inspection et de mesure et lorsqu'elle avait un message à lui communiquer – message dont, la plupart du temps, elle inventait la teneur – ou lorsque simplement elle avait envie de le voir pour le taquiner un peu, elle l'attendait là-bas, dans le replat de San-Creps. Ils s'entendaient bien.

Il lui avait parlé deux ou trois fois du livre qu'il voulait écrire et qui, dans son esprit, devait commencer par la mort de sa sœur Enina. Il n'avait pas renoncé au projet qu'il avait formé de lui apprendre à lire. « L'hiver, pensait-il, elle tiendra davantage en place », car leurs rencontres, jusqu'alors, ressemblaient plutôt à de brèves collisions.

— Tiens, feignant ! lui cria de loin la fillette, lorsqu'il s'engagea dans le champ, j'te l'ai vidée, ta barrique !

Pour se hisser au-dessus de la cuve cylindrique du pluviomètre, Louana avait amené jusque-là, le tirant par une ficelle, un cochon gris d'une maigreur effarante – on lui voyait toutes les côtes, la peau lui pendait sous le ventre comme une large mamelle – mais assez haut sur pattes. Elle l'avait attaché à l'une des jambes du trépied et se tenait debout sur son dos.

Elle avait écopé la cuve de zinc de ses petites mains agiles et lorsque Siméon arriva près d'elle, elle finissait d'en essuyer le fond avec une pattemouille qu'elle tordait soigneusement.

L'exercice avait quelque chose d'acrobatique car

l'animal, quoique garrotté de près, ne cessait pas de remuer.

« Mais qu'est-ce qu'elles ont toutes à écoper aujourd'hui ! » se dit Siméon que l'attitude de Louana surprenait plus encore que la présence inattendue de ce cochon dans le champ de lentilles détrempé.

— Tu es folle ! lui dit-il, et comment vais-je faire mes mesures ?

— Oh ! toi et tes mesures ! répondit-elle en pouffant de rire. Tu n'as qu'à marquer zéro – et amen !

Elle sauta à bas de sa monture et se retrouva en face de Siméon qui gardait devant lui sa main droite refermée sur la grenouille.

— Qu'est-ce que tu tiens ? lui demanda-t-elle.

— Devine !

Elle ne devinait pas. Ses yeux brillaient. Siméon n'était pas mécontent d'éveiller sa curiosité, de l'intriguer, pour une fois. Peut-être allait-il même l'étonner. Il ouvrit la main, et Louana aperçut la petite bête.

— Oh ! Oh ! fit-elle, je vois qu'on se débrouille !

Et puis, traversée par une inquiétude soudaine, elle interrogea encore en faisant des yeux sournois :

— Où tu l'as trouvée ?

— C'est Clara qui me l'a donnée, répondit naïvement l'étranger.

Pour le coup, une nouvelle fois, la colère de la fillette explosa : ce fut une avalanche d'invectives, où se bousculaient les insultes les plus grossières, tant à l'adresse de Siméon que de Clara Dogde et, bien entendu, de Walter. Tout en criant et en trépignant, elle défaisait les liens qui liaient l'animal au trépied et bientôt, elle partit en courant derrière lui, à travers le champ de lentilles.

— J'avais un chat pour toi, salaud ! Un mulot, une taupe, un spalax, un ratel, une marmotte, un cabiai, un hamster même ! Tu n'auras rien. Tu peux crever avec ta grenouille à la noix et ta Clara ! Tu peux crever !

Tels furent les derniers mots qu'elle lui dit avant de se sauver – et sans doute, dans sa colère, fonfaronnait-elle un peu.

Siméon ne se laissait plus affecter par les brusques explosions de colère de la fillette. Il en avait subi plus d'une, et sans dommage : « Elle est coléreuse, quoi, se disait-il, comme d'autres ici sont borgnes. »

Mais cette frénésie animalière qui semblait s'être emparée de tout le pays ne laissait pas de l'étonner. Et la petite bête à sang froid, dont il sentait dans sa main battre le cœur, lui parut soudain d'assez mauvais augure.

Il jeta, par acquit de conscience, un coup d'œil désenchanté sur la cuve de l'appareil hydrométrique.

— Tu marques zéro… et amen ! répéta-t-il. Puis il remonta à pas lents vers le village.

*

* *

Du haut de son échelle – Siméon n'y était monté que le temps de lancer à travers la pièce, à ras du plancher, exactement comme il eût fait d'une pomme s'il avait eu une pomme, la petite grenouille qui l'embarrassait mais dont il ne savait comment se débarrasser – du haut de son échelle, Siméon s'entendit appeler furieusement.

« Ce sera ma vieille voisine », se dit-il, en identifiant les rauquements qui lui parvenaient jusque là-haut depuis la maison écroulée… « Je l'irai voir prochainement. » (Volontiers, lorsqu'il se parlait à lui-même, Siméon employait de ces tournures désuètes, et lorsqu'il s'adressait aux autres, il lui fallait faire effort pour populariser son langage.)

Pour l'heure, il avait résolu de se rendre au café Ham : il pensait profiter du surcroît de popularité que, dans son esprit, l'accalmie des intempéries n'avait pas dû manquer de lui valoir.

Pour la première fois depuis qu'il résidait dans le pays, il poussa la porte avec une certaine arrogance. Il y avait foule, et il régnait dans le café une atmosphère de fête : les verres noirs d'alcool de lentilles circulaient autour du fourneau, autour des tables. Assis à califourchon les uns sur les autres, quelques villageois se pressaient les points noirs, au milieu des éclats de rire ; des arbitres désignés comptaient les coups et appréciaient les prises. Le meneur de jeu, debout sur une table, commentait les péripéties du match :

— Encore un doublé sur ma gauche ! Homologué ! Le 46 qui tient ! Qui dit mieux ?

À l'entrée de l'étranger, le jeu s'arrêta et des regards surpris se tournèrent vers lui, gênés, un peu honteux même : il apparaissait que, devant un homme d'études, les distractions les plus anodines devenaient compromettantes.

— Il semble, dit Siméon à haute voix, en regardant chacun, que le temps veuille s'améliorer.

Il répétait la formule même qu'il avait employée pour le vieux Raurque, non qu'il la crût tellement heureuse, mais il lui semblait qu'elle faisait son effet. Raurque avait bougonné, en haussant les épaules, autant que le lui permettait le mouton qu'il portait autour de la nuque. Cette fois, chacun s'esclaffa – mais d'un rire chargé de tant de moquerie que Siméon le ressentit de façon extrêmement désagréable. Il avait l'impression qu'on le *montrait du doigt.*

— En tout cas, il ne pleut plus ! cria-t-il furieux. C'est le moins qu'on puisse dire.

Les rires repartirent de plus belle : « Ils rient, ils rient, pensait Siméon, mais ils ne peuvent pas me démentir », et, pour affirmer son avantage, il traversa la salle et s'approcha d'une des tables. Il y avait là une carafe d'alcool et quelques verres, dans lesquels plusieurs villageois avaient bu, à tour de rôle. Siméon se versa d'autorité une rasade du liquide noir, et leva son verre en dévisageant ceux qui l'entouraient :

— Je lève mon verre, commença-t-il d'une voix ferme…

La veuve Ham, qui était restée jusqu'ici assise derrière son fourneau, bondit de son siège, autant que le lui permettaient ses cent trente kilos et l'enflure de ses jambes, et s'interposa :

— Ton verre ! Ton verre ! fit-elle, hargneuse. C'est vite dit ! Il n'est pas à vous, ce verre ! Ils sont communaux, les verres ! Après tout, vous n'êtes pas d'ici !

Siméon la regarda avec des yeux remplis de tristesse et de haine. Il aurait voulu lui faire honte devant tout le village : une veuve, et qui possédait un fourneau ! comment osait-elle lui plaindre un verre d'alcool, un jour de triomphe, à lui qui, depuis des mois, menait une vie de souffrance quotidienne, préoccupé de seules ambitions généreuses, qui était sur le point d'écrire un livre bouleversant, et qui remplissait néanmoins ses devoirs météorologiques avec une ponctualité exemplaire ? Est-ce qu'elle les payait, elle, ces lentilles que les plus pauvres du pays lui apportaient par sacs entiers ? Qu'elle ne se donnait même pas la peine de trier avant de livrer à la distillation !

Mais, plutôt que de faire un discours, il estima qu'il serait plus habile de la fustiger par un acte. Coupant court à toute discussion, il prit d'un geste rapide une lampée du breuvage.

L'effet produit ne fut pas celui qu'il escomptait : l'alcool lui mit la gorge en feu, lui laissa tout au long de l'œsophage une traînée de flammes vives et il ressentit bientôt une brûlure interne si intense, qu'il lui semblait que le liquide lui bouillait à gros bouillons au creux de l'estomac.

Siméon lâcha son verre qui se brisa sur le plancher ; il tomba à genoux en gémissant, plié en deux par la douleur, se tenant le ventre à deux mains, exactement comme s'il avait reçu une balle explosive en plein foie.

Les villageois firent cercle autour de lui et le regardèrent avec stupeur : « Qu'ils sont donc délicats, ces gens de la ville ! », voilà ce qu'ils pensaient.

Dès la première enfance, dans le pays, on suçait des patarots imprégnés d'alcool, et on ne s'en portait pas plus mal. Au contraire, on estimait que pendant les grands froids, la liqueur de lentilles constituait un blindage des organes qui permettait de résister. On ne craignait pas d'en abuser. Et voilà que ce Mathusalem, au premier verre, tombait à genoux comme une communiante ! Ah ! de quel fragile fardeau s'était imprudemment chargée la commune !

Le ramassage des blessés et des infirmes relevait directement des fonctions douanières : bien que ce fût jour de fête, les deux préposés, sans avoir même à en délibérer, saisirent Siméon chacun par-dessous une aisselle et le traînèrent hors de la salle du café. Ils eurent quelques difficultés à le hisser par l'échelle coulissante jusque dans sa chambre, mais enfin ils y parvinrent et le déposèrent sur son lit. Siméon gémissait faiblement, les genoux repliés contre le ventre.

Le brigadier des douanes, avant de ressortir, aperçut la grenouille apeurée et palpitante qui se frottait le museau contre le mur, dans un coin de la chambre. Il la désigna d'un geste à son adjoint.

— Vous voyez, dit celui-ci, il est plus malin qu'il n'y paraît.

— Peuh ! Il n'ira pas bien loin avec ça, fit Aoste, en enjambant déjà l'échelle.

Mais sans doute était-ce encore trop pour le douanier en second. Dès que la tête de son collègue eut disparu de l'ouverture, il revint vers la grenouille, mit le pied dessus, et l'écrasa sous sa bottine, faisant tourner plusieurs fois la pointe de son soulier pour bien aplatir la bestiole et ne lui laisser aucune chance. Après quoi, il quitta les lieux à son tour.

Pendant ce temps, dans la salle du café, les pensées de Mme Ham prenaient un autre cours. Elle gémissait : le verre brisé dont, au prix d'efforts douloureux, elle s'efforçait de ramasser les débris, était un des derniers qui subsistaient au village…

— Si ça continue, y restera plus rien dans le pays ! gémissait-elle… Y restera rien, plus rien !

Elle se mit à pleurer, de grosses larmes lui coulant sur ses grosses joues, se frayant un chemin à travers ses touffes de poils séchés, son gros corps secoué par de gros sanglots.

Les villageois compatissaient sincèrement à sa misère ; au fond d'eux-mêmes ils la ressentaient comme la leur. Plus un n'avait le cœur à poursuivre les concours d'extraction des vers de peau. Bientôt chacun rentra chez soi sans bruit, maugréant contre l'étranger qui avait gâché la fête de Vigile, et pour la première fois depuis des lustres, se plaignant en secret de son sort :

— S'il nous reste même plus les fêtes ! pensait chacun avec amertume.

# II

L'hiver était venu dans la nuit. En quelques heures, comme à l'accoutumée, le pays tout entier se trouva pétrifié par le gel, balayé par un vent sec et violent qui descendait des montagnes. Entre les maisons, le chemin détrempé se trouva changé en une rivière de glace bleue vive et des glaçons, gros comme des pieux, arrachés par le vent, s'y brisaient dans un éclat de métal.

Dans le haut du village, la Croix de Sépia, constellée d'une myriade d'aiguilles blanches, prenait l'aspect d'un sérac fantomatique ; devant chez Clara, la fontaine de bois, mal séchée, avait éclaté en un monceau d'échardes dures. De temps à autre, de gros choucas fuyant les cimes, saisis par le froid en plein vol, s'abattaient sur les toits comme des météorites.

L'un d'eux tomba et rebondit sur les tôles du café Ham.

*

* *

Siméon s'éveilla en sursaut au bruit de ce projectile.

Bien qu'il eût dormi tout habillé, et pour la première fois depuis son arrivée, dans des vêtements secs, tels que l'avaient laissé sur son lit les douaniers, il était bleu de froid. Mais en même temps, il sentait toujours, au creux de l'estomac, la nappe de liquide brûlant qui continuait à bouillir et dont la brûlure irradiait dans son corps vers tous les organes vitaux. Sans doute – mais Siméon ne pouvait s'en rendre compte – sans doute cette gorgée d'alcool, prise à l'improviste, l'avait-elle sauvé de la gelure générale.

Il se leva et entreprit de faire quelques exercices pour tenter de se dégourdir les membres et de se réchauffer. Son pied droit lui faisait affreusement mal. Peut-être était-ce le froid qui ravivait la douleur. C'était au point que Siméon avait l'impression de souffrir moins à la plaie elle-même qu'à l'orteil qui lui manquait : « Et comment, se disait-il, pourrait-on soigner un orteil que l'on n'a plus ? Je poserai la question au Croll. »

Dans sa chambre, l'air était si glacial que les mouvements qu'il faisait le refroidissaient davantage. Il se recoucha et resta pelotonné sous le sac de toile écrue qui lui servait de couverture. À peine exhalée, son haleine se condensait en petits nuages de givre qui retombaient tout autour de lui. Son lit en était déjà tout blanc, ainsi que les poils hirsutes de son visage. C'était comme s'il neigeait dans sa chambre. Il essaya de respirer moins. Il s'endormit au rythme des gros oiseaux qui, de temps à autre, se fracassaient sur les toits ou sur le sol gelé.

Quand il s'éveilla à nouveau, il ne fut pas peu surpris de trouver Louana couchée auprès de lui, dans son lit.

— Eh bien, lui dit-il, qu'est-ce que tu fais là ?

— Tu vois bien, répondit-elle, le plus naturellement du monde, je te chauffe.

Elle disait vrai. Siméon se sentait envahi d'une chaleur bienfaisante. Il prit dans ses bras la fillette et la serra contre lui. Il vit qu'elle était nue, sous une sorte d'esclavine de grosse laine, à capuchon. Mais entre eux deux, au niveau des bas-ventres, il sentit une grosse boule proéminente qui dégageait une vive chaleur. Il y porta la main mais la retira aussitôt avec une gêne évidente : sous ses doigts, il avait senti une touffe de poils serrés, d'une douceur extrême.

Louana avait perçu son geste, et sa grimace. Elle pouffa de rire.

— Qu'est-ce que tu imagines ? dit-elle. C'est le chat que je t'ai rapporté. Il dort. C'est lui qui nous chauffe.

— Il y a donc bien un chat dans le pays ? dit Siméon. Je n'ai pas rêvé. Personne n'a jamais voulu me croire.

— Parce que c'est un clandestin. Je ne l'ai jamais déclaré. Je l'avais mis chez toi pour te faire peur.

Elle éclata de rire encore une fois, en repensant

au bon tour qu'elle avait joué à l'étranger. Puis elle ajouta :

— Il t'a quand même rapporté un bol d'eau chaude et toute la suite. Mais tu sais, chez nous, on n'a pas le droit de garder les animaux pendant les pluies. C'est que pour le gel, c'est notre chauffage, tu comprends. Chacun se trouve une bête, où il peut. Sauf la vieille Ham qui a un poêle. Mais il est communal, en quelque sorte, puisque même les douaniers, ils viennent se sécher dans son four. Oh, tu sais, ta grenouille, c'est pas moi qui l'ai marchée, c'est Escladoss...

— Qui l'ai quoi ? C'est qui ? demanda Siméon un peu perdu.

— Escladoss, le douanier second. Faut qu'il marche sur tout, celui-là. Depuis que le Conseil lui a voté des bottines. Moi j'ai voté contre, remarque. Pour la grenouille, je peux bien te le dire, je l'ai vu. Tu veux la voir ? Elle est toute plate. D'ailleurs, même vivante, elle t'aurait pas suffi. Chez nous, les grenouilles, elles servent à autre chose. C'est pour les femmes... À cause des enfants, tu comprends. Les maris ne le savent jamais ! Et pourtant, ça les chatouille, là-dedans !

Louana partit d'un nouvel éclat de rire. La gynécologie la mettait en joie. Elle sauta hors du lit pour aller chercher la grenouille.

Le jour s'était levé. Une aube glaciale qui remplissait la pièce de sa lumière blanche. Le manteau de la fillette était grand ouvert et, tandis qu'elle se levait,

Siméon remarqua avec stupeur qu'elle s'était attaché le chat au bas du ventre, avec des sangles. Il lui fit part de sa surprise.

— Il s'en fout, il dort, répondit Louana, en refermant son manteau autour d'elle.

Elle alla vers le coin de la pièce où le douanier avait écrasé la grenouille. La petite bête était complètement aplatie et durcie dans son sang par le gel. Louana réussit à la décoller du sol et l'apporta fièrement à Siméon : elle était plate et raide, comme une grenouille en carton, découpée sur une planche zoologique.

— On peut vraiment rien en faire, dit-elle, et elle alla la jeter dehors par l'ouverture. Siméon entendit la bestiole qui se cassait comme du verre sur la glace.

Louana revint s'asseoir sur le bord du lit pour reprendre son bavardage. Le lit, je crois l'avoir dit déjà, était plutôt une sorte de plateau de table, posé sans pied à même le sol. Il n'était guère plus haut qu'un tiroir et comme la fillette, entièrement nue sous son court manteau, se tenait les jambes écartées et les genoux hauts, afin de ne pas écraser le chat sanglé autour de son ventre, Siméon ne pouvait manquer de voir, entre les petites cuisses blanches, la grosse touffe de poils noirs que formait l'animal endormi.

Sur le corps d'une gamine impubère, c'était une anomalie troublante dont il ne pouvait détacher les yeux. Mais Louana qui, pour se chauffer les mains, caressait distraitement le chat, eût été stupéfaite qu'on lui parlât d'indécence.

— J'te donne un truc, disait-elle. Si tu veux te venger. D'Escladoss bien sûr, et même de l'autre, c'est pareil. C'est des sales types. Note bien que, moi aussi, je pourrais me venger de Clara. Je sais ce que je peux lui faire. Mais je te le dirai pas. Pour Escladoss, tu comprends, c'est facile. En principe, c'est eux qui doivent chauffer le Conseil. S'ils le chauffent pas, l'Amiral éclate. Il est trempé d'eau. Tu parles d'une histoire ! Bon, cette année, je les ai vus, ils ont trouvé une vache. Mais quelle vache, nom de dieu ! Elle pisse le sang tant et plus. Et ils se sont enfermés avec elle. Pas dégoûté, l'Escladoss ! J'ai tout vu par la petite fenêtre. Je vois tout, moi, tu sais. Bon. Suppose qu'elle crève, la vache, ou pire que ça. Tu vois c'que je veux dire. Patatras ! C'est la débandade. Eh bien, j'ai un truc pour les vaches. C'est le Croll, il me l'a appris. Je te le dirai, à l'occase. En attendant, salut ! Faut que j'rentre. Tiens, j'te laisse le chat. Sors pas sans, hein, et fais gaffe. T'as vu ta grenouille ? Crac !

En prononçant ces dernières phrases, elle s'était redressée, elle avait desserré les sangles qui retenaient le chat et déposé l'animal endormi sous la couverture, contre la poitrine de Siméon. Avant que celui-ci ait pu placer un mot, elle avait déjà disparu.

Elle le laissa tout à fait perplexe, abruti par ce flot de paroles énigmatiques, affolé par ce manège qu'il nous faut bien qualifier d'érotique – ou à tout le moins de licencieux.

*JOURNAL DE SIMÉON.*

*J'étais prêt à commencer. J'avais imaginé mon début, je l'avais raconté déjà à Louana : le maître du camp, dans sa soutane blanche, casqué, botté, au sommet d'un monticule de sable, fait amener Enina, nue, ficelée à un pieu par les genoux et les coudes. On entend, dans tout le camp, ses ordres et ses jurons : Alleluia ! Crucifixus ! Eleïson !*

*Mais comment écrire maintenant ? Me voilà enfermé dans la glace, comme je l'étais dans le sable ! Le pays est bleu de glace et on me dit que le gel va durer quarante mois. Quarante mois sans une goutte d'eau ! Le gel est la pire des sécheresses. Les éléments se liguent contre moi. J'ai les doigts gourds et je ne pourrai jamais former de mots assez fermes pour faire entendre ces cris…*

*C'est à peine si je puis tenir mon crayon pour gribouiller ces notes. Et encore Louana, bien que je l'ai offensée plusieurs fois gravement, a-t-elle eu la bonté de me laisser une chaufferette. Sans elle, je serais mort, mort gelé, moi, à peine remis de l'enfer du soleil ! Personne ne m'avait rien dit. Et pourtant chaque jour, deux fois par jour, je m'étais consciencieusement rendu au pluviomètre pour y faire mes mesures. Se moquaient-ils de moi ? Que veulent-ils de plus ? Que je meure ici sans avoir écrit même un chapitre ? Ils ont des vaches, des boucs, des baudets. Je vois les richesses qui sortent de toutes parts. Ils ne m'ont rien dit. Ils ne m'ont rien donné, à moi, le plus pauvre d'entre tous, qui étais prêt à partager avec eux le pain des mots et le vin de la phrase !*

*Il n'y aura ni pain, ni vin. Ah ! maudit, maudit dès sa naissance, celui qui a voulu écrire !*

*Je vais essayer de survivre. Clara est mon soleil. Elle n'a pas repoussé mon amour – dont j'ai pu lui parler, de façon un peu obscure peut-être, mais brûlante. M'aura-t-elle compris ? Oui – Et moi j'ai compris ce matin de quelle pudeur, de quelle ardeur elle enrobait elle-même ses aveux.*

*Pourvu que mon pied ne m'empêche pas de marcher, au moins une fois encore jusqu'à elle. Ravivée par le froid, la douleur devient intolérable – et je ne suis pourtant pas douillet. Mon pied ce matin est bleu jusqu'à la cheville.*

*Il faut que j'aille faire visite à ma voisine. Je garde dans les oreilles ses appels pathétiques. C'est la seule dans le pays qui soit plus pauvre que moi : elle a la pauvreté du grand âge – et je suis jeune encore.*

*Pourquoi m'appelaient-ils Mathusalem, ces brutes qui me poussaient à boire – qui ont fait de moi, bon gré mal gré, un resquilleur, un griveleur, un soiffard, une épave ! Ah ! je commence à les haïr, moi qui venais vers eux plein d'innocence, plein d'espérance !*

*

* *

Siméon décida de sortir, mais passant outre aux conseils de la fillette, il sortit sans le chat. Il lui déplaisait par trop de se fourrer un animal, même endormi, dans sa culotte.

À peine fut-il dehors, il le regretta. Le froid n'était pas supportable. La douleur qu'il éprouvait dans son pied pourri avait épuisé sa résistance. La descente de l'échelle l'avait ravivée à chaque barreau.

Devant la maison s'étendait un lac de purin gelé. Les tas de fumier, durcis comme des blocs de pierre volcanique, y formaient des récifs repoussants. Çà et là, des choucas s'étaient abattus de très haut sur la glace, y creusant de larges cratères en étoile d'un blanc mat.

Siméon les contournait avec d'infinies précautions. Il avait résolu d'aller rendre visite à la doyenne d'âge, sa voisine, mais n'osant pas lever les pieds, et surtout pas le gauche, ce qui aurait fait reposer tout son poids sur l'autre, le malade, il faisait glisser, l'une après l'autre, sur la glace, de quelques centimètres, ses sandales à lanières plus raides que des ceufriers de bronze. Et il étendait les bras, mains ouvertes, droit devant lui, pour maintenir son équilibre, un peu comme un acrobate sur le fil, un peu aussi, sans y prendre garde, comme un aveugle redoutant les obstacles.

Le lecteur se souviendra peut-être que, pour atteindre le tas de pierres écroulées qui tenait lieu de demeure à la vieille, il fallait descendre un talus que la boue, déjà, rendait difficilement praticable, mais que la glace, pour le coup, rendait carrément périlleux.

Siméon, arrivé sur le bord du talus, hésita un moment. Mais plus il hésitait, plus sa résolution d'aller faire cette visite se faisait impérieuse. Il finit par s'asseoir à même la glace, puis se poussant avec les mains, il se laissa glisser sur la pente raide, soulevant légèrement la jambe droite pour épargner à son pauvre pied le frottement sur le sol : c'était la technique même qu'employait Raurque, l'unijambiste, pour dévaler les couloirs et qui le faisait ressembler à une petite baliste.

Mais à peine Siméon avait-il fait dans son esprit ce rapprochement (« Tiens, s'était-il dit, voilà que j'imite le vieux Raurque ! ») que, lancé sur la glace vive à une vitesse qu'il n'aurait jamais pu prévoir, il alla s'écraser le pied en avant, contre le montant de la porte. La douleur qu'il ressentit fut, encore une fois, fulgurante : ce fut comme si une aiguille d'acier rougie lui remontait à l'intérieur des os jusqu'à la boîte crânienne. « Cette pauvre dame ne saura jamais tout ce que j'ai enduré pour elle », se dit Siméon, en encaissant le coup et en se redressant tant bien que mal.

Il poussa la porte, entra, mais pour tomber à nouveau, de tout son long, sur le dos, au premier pas qu'il fit dans la demeure. Il avait oublié qu'à la saison des pluies, l'eau s'engouffrait furieusement sous la porte, et formait, dans l'entrée, un petit lac. Ce lac, bien sûr, avait gelé. Siméon se retrouva assis sur la glace, face à la vieille. Il la regarda avec attention, puis avec stupeur, et force lui fut bientôt de se rendre à l'évidence : elle était gelée au milieu de son lac, les deux pieds jusqu'au-dessus des chevilles et le bâton pris par la glace ; le reste du corps changé en statue – une statue d'une ressemblance stupéfiante, mais n'exprimant aucune sorte de sentiment.

Tandis que Siméon regardait ainsi la vieille, figé de respect comme on l'est généralement devant la mort, il commença à éprouver un certain picotement dans les yeux : « Je l'aurai trop regardée », se dit-il. Il cligna des paupières à plusieurs reprises, mais non sans difficulté. Il porta deux doigts à l'un de ses yeux – le droit, je pense, pour commencer – et se rendit compte qu'il était en train de durcir dangereusement.

Sans hésiter, Siméon se souleva la paupière et, instinctivement, se passa l'auriculaire sur le globe oculaire. Bien lui en prit, car il en retira une mince couche de glace qui était en train de se former sur la cornée et qui commençait à lui troubler la vue. Rapidement, il fit de même à l'autre œil et prit le parti de se sauver au plus vite. Il lui semblait que dans l'antre de la vieille morte, le gel était particulièrement contagieux.

Il tenta de se relever mais n'y parvint pas. Les pans de son manteau de gabardine, sur lesquels il était assis, se trouvaient collés sur la glace par le gel : « Voilà bien la gabardine, se dit-il furieux. On vous la garantit et c'est de la camelote ! »

Il éprouva un sentiment de panique à s'imaginer

gelé à son tour en face de la doyenne : « Quel tableau vivant ! » pensa-t-il. L'affolement décupla ses forces : il s'arc-bouta sur la glace et réussit à déchirer les pans de son manteau. Il se traîna au plus vite hors de la demeure, laissant derrière lui ces deux rectangles de tissu noir, comme deux agenouilloirs devant la morte.

Il eut les plus grandes difficultés à franchir le talus de glace qui cernait la maison de toutes parts. Mais il y parvint enfin, jouant des genoux et des coudes, s'accrochant aux quelques cadavres d'oiseaux durcis qui formaient des aspérités sur la paroi.

Dans l'état que l'on devine, il entra en coup de vent chez Mme Ham. Elle était en corset, comme toujours à cette heure matinale, et elle l'accueillit hargneusement :

— C'est-y une heure pour entrer chez une veuve ! fit-elle d'une voix sévère.

— C'est affreux, dit Siméon. La vieille dame est morte. La voisine. Elle est gelée dans son lac.

— Et alors ? répartit la veuve. Dirait-on que c'est la première fois !

— Tout de même… Il faut faire quelque chose.

— Et comment donc ! C'est quand même pas moi qui m'en vas aller lui souffler dans la bouche ! Qu'est-ce qu'elle fait pour nous, cette vieille, hein, depuis des années, je vous le demande ?

Mue soudain par un frénétique besoin de justification, la veuve se mit à lancer de furieux coups de pied dans ses bûches qui roulaient de toutes parts… Il y en eut bientôt partout. C'était, toutes proportions gardées, comme si l'on eût renversé dans la salle du café une boîte d'allumettes.

Siméon contemplait en silence mais avec, je pense, une certaine réprobation, le spectacle offert par la veuve en corset, laissant éclater sa fureur méchante. (En même temps, il profitait de la chaleur de la cuisinière : il se frottait les mains l'une sur l'autre, ses yeux se radoucissaient, son pied lui faisait moins mal.)

— Je suis dans le commerce, mon beau Monsieur, poursuivait Mme Ham en hurlant. Et veuve par-dessus le marché. Je ne suis pas un hospice. On vous l'a dit. On vous l'a dit que ce n'est pas habitable ici. Ce n'est pas la peine de venir nous moquer avec vos souffrances, allez ! votre soleil ! votre désert ! Eh bien, nous, c'est la glace et le gel. Et on n'a pas choisi, je vous l'assure, mon petit Monsieur. Seulement, on s'accommode, nous autres. Voilà tout ! Alors il ne faudrait pas voir ici à nous faire la leçon à longueur de journée, à nous tirer les exemples avec votre pluie, et votre soleil, et vos doigts de pied pourris, et la vieille qui gèle, et la Clara à ce qu'on dit que vous lui filez au train. Et nous quand on s'amuse un peu, et proprement, vous vous mêlez encore de nous gâcher la fête, et vous approprier les verres et les casser !

— Pour ce qui est du verre cassé, je m'en excuse, intervint Siméon.

— Vous vous excusez, mais ça remplace pas le verre, nom de Dieu ! reprit la veuve, en continuant à mener vigoureusement, à coups de pied, l'incroyable ballet de ses bûches... Et quand on n'aura plus de verres au pays, quand on n'aura plus de fêtes, plus rien, vous viendrez encore nous tirer la leçon ! Mais qu'est-ce qu'on va devenir, nous, à la fin ? Qu'est-ce qu'on va devenir ?

Elle s'immobilisa, frappée par un désespoir soudain et comme le soir de Vigile devant les villageois, elle se mit à pleurer sans retenue, devant Siméon.

Elle marcha vers le lit, prit sur le montant métallique sa longue robe noire qu'elle enfila en levant les bras très haut au-dessus de la tête. Elle faisait penser à un gros abat-jour. Puis elle reprit, sur un ton un peu apaisé :

— Cette vieille, c'est la rançon, si vous voulez tout savoir. Qu'est-ce que vous pouvez y faire ? Vous pouvez toujours essayer de l'enterrer, de ce temps-là : vous y casseriez votre pioche, et c'est tout. À supposer qu'il reste une pioche. À supposer, hein ? Et qu'on vous la prête ! Mais d'un autre côté, vous ne pouvez pas l'enterrer non plus avant qu'elle soit morte, quand la terre est encore gadoue. Vous ne pouvez pas, mon petit Monsieur, tant qu'elle donne encore des signes d'existence ! Ça ne se fait pas par chez nous ! c'est tout ce que je peux vous dire. Ça peut durer encore deux cents ans et toute la suite, je vous le dis : il n'y a pas de solution. Maintenant, si vous voulez manger vos lentilles, du temps que vous êtes là… Assoyez-vous… je vais vous servir.

Siméon s'assit, et elle le servit. Jamais les lentilles ne lui avaient semblé si sèches, ni si dures. Et tandis qu'il mangeait en silence, tandis qu'en silence la veuve à coups de pied rassemblait à nouveau le troupeau de ses bûches derrière le fourneau, il repensait à cette vieille femme gelée pour quarante mois dans son eau, à ces gros oiseaux qui s'abattaient sur la glace comme des pierres, à cette petite grenouille aplatie et rigide que lui avait montrée Louana. Il imaginait le carcan de glace qui serrait le pays à la gorge. Il imaginait la peine des villageois et leurs détresses cachées. Était-ce mieux ? Était-ce pire que tout ce qu'il avait connu ailleurs ?

Il avait appris à manger très lentement, on pourrait presque dire lentille après lentille, en mâchant soigneusement. La grosse dame s'approcha bientôt de lui, tenant à la main un petit verre d'alcool. D'autorité, elle le versa dans l'écuelle de son hôte.

— Ça passera mieux comme ça, dit-elle. Après tout, il faut survivre.

Siméon la remercia du regard et poursuivit son repas. Les lentilles le brûlaient mais, par là même, lui infusaient dans tout le corps une chaleur bienfaisante. Il les supportait. Il s'habituait à la brûlure de l'alcool et il lui semblait que son pied lui faisait moins mal.

Quand il eut fini, il se sentit la force de lutter contre le découragement qui l'avait envahi : « Il faut survivre », avait dit Mme Ham. Par reconnaissance, et parce qu'il était un homme de devoir, il prit sur lui de descendre une fois de plus, malgré le froid, malgré la douleur de son pied, jusqu'au pluviomètre. Mais les villageois, à l'affût derrière leurs fenêtres, remarquèrent que les pans de son manteau étaient déchirés : ils en firent des gorges chaudes.

*

* *

En dépit du froid persistant qui lui paralysait les sens, la douleur de son pied était devenue telle que Siméon, une fois de plus, dut se résoudre à aller consulter. Mais de crainte qu'on ne l'aperçût et qu'on ne le prît dans le pays pour une mauviette suspendue à la sonnette du docteur pour le moindre bobo, il ne se rendit chez le Croll, ce soir-là, qu'à la nuit tombée.

Je ne me complairai pas à raconter ici ce que fut pour lui l'ascension du haut du village, que le gel avait changé en une véritable muraille de glace. Mais lorsqu'il arriva dans l'antre du vieux borgne, il avait sur les doigts, les coudes, les genoux, sur le menton même et sur le front, de vives écorchures sanglantes et prises par le gel ; il était dans un tel état d'épuisement et à ce point frigorifié qu'il s'attendait à tomber d'une seule masse sur le sol et à s'y briser en morceaux. Plusieurs fois, en cours de route, il avait dû extirper de ses yeux la mince coquille de glace qui s'y formait avec obstination.

Le Croll ronflait puissamment sur sa couche de fagots, le ventre en l'air, énorme, indifférent au manège de l'âne qu'il avait installé chez lui pour l'hiver et qui lui broutait des branchages jusque sous les pieds. La bête avait répandu des crottins dans toute la demeure ; certains fumaient encore et l'atmosphère était douillette.

Siméon attendit un peu, le temps de sentir son sang couler à nouveau dans ses veines, puis il s'approcha du dormeur et le secoua timidement.

— Docteur ! Docteur ! appelait-il d'une voix pathétique. Une urgence ! Je vous en prie, je n'en puis plus !

Le Croll finit par se réveiller. Il était furieux. Son œil rouge lançait des flammes.

— Attention, petit agneau ! lui dit-il. Tu en prends à ton aise : tu gâches les fêtes, tu casses les verres, tu réveilles le pauvre monde en plein hiver ! J'ai voté pour toi parce que j'aime la science. Mais la science n'est pas à sens unique, nom d'une pute ! Corps étranger tourne en écharde ! Attention ! Si tu nous fous la zoubia, crac, on t'extirpe, on t'étripe ! Alors, tiens-toi carreau. Ouh là là !

Tout en parlant, il avait allumé une lampe et commencé à examiner le pied de son malade assis sur l'escabeau : sous la chaussette immonde, il découvrait une fleur gangreneuse largement épanouie. Derrière lui, flairant une odeur nauséabonde, l'âne poussa un braiment.

— Ouh là là ! fit encore une fois le géant impressionné. C'est pourriture tout ça ! Quel spécimen !

Il tenait dans la main le pied mutilé de Siméon et le contemplait avec respect. Il en serrait le talon entre le pouce et l'index. Il tâta la cheville, il palpa le mollet pour éprouver sa consistance. Il semblait perplexe et se grattait la tête à travers sa chevelure hirsute, parsemée de brindilles.

— Mieux vaut en enlever de trop que de pas assez ! dit-il à la fin. Pour ce qu'on a à en foutre des ongles, des orteils et compagnie ! Mais pour le coup, je passe la main. Autant laisser faire le spécialiste.

Siméon fronça le sourcil et trahit sa surprise : « Un spécialiste ? »

Le Croll le regardait d'un œil narquois. Devinait-il ? Non, il ne devinait pas. Alors, soutenant toujours d'une main le pied malade, de l'autre derrière lui, il flatta l'encolure de son âne et le fit s'approcher. L'animal, énervé par l'odeur de chair pourrie, reniflait bruyamment et remuait la mâchoire avec des mines gourmandes.

Siméon pâlit et marqua un mouvement de recul.

— N'aie pas peur, dit le Croll, en lui maintenant le pied. Il connaît son affaire. Tu ne sentiras rien, papa Croll dixit !

Siméon eut à peine le temps de pousser un cri de terreur que déjà, d'une langue avide et des babines, l'âne lui pourléchait les orteils. La bave de l'animal coulait sur sa plaie comme un baume onctueux. Bientôt il se rendit compte que son pied tout entier était anesthésié et, comme s'il avait attendu ce moment, par instinct charitable mais avec quelle impatience ! l'âne commença à grignoter doucement le pied pourri. Avec une aisance stupéfiante, la douleur s'en allait avec la pourriture. Les ongles et les petits os craquaient sous les mâchoires puissantes. La langue infatigable nettoyait les plaies.

— Bon, je vous laisse, annonça le Croll au bout d'un moment, en voyant que son malade était tout à fait rassuré. Je vas préparer l'emplâtre.

— Eh ! fit tout de même Siméon, ne nous laissez pas trop longtemps ! Si votre collègue abusait de la situation…

— Il connaît son affaire ! répéta le vieux, et il ajouta sévère : On veut voyager, on veut visiter le monde – et on s'étonne après des usages !…

— Ne croyez pas que je voyage pour mon plaisir ! répliqua Siméon, offensé. J'émigre, voilà tout. Les oiseaux, vous vous figurez peut-être que ça les amuse de voyager ! J'ai passé ma jeunesse dans une cage, au milieu du désert. J'y ai connu des heures de souffrance dont vous n'avez pas idée. Depuis, je cherche, à travers le monde, un refuge un peu habitable où je puisse écrire à loisir. J'ai pour seule richesse mon papier et mes crayons, vous le savez bien. Est-ce ma faute si partout je suis en butte… Aïe !

— Quoi, aïe ?

— Non, rien ! Il a dû couper un nerf, au niveau du métatarse… Mais, qu'est-ce que vous faites donc ?

Sous les yeux étonnés de Siméon, le Croll se livrait, en effet, à une étrange opération : il avait suspendu à un étai du plafond, une sorte de panier à salade métallique dans lequel était enfermé un gros rat aux yeux affolés ; par-dessous, il avait disposé un bidon de ferblanc en forme d'entonnoir, et voilà qu'il s'approchait avec une curieuse lampe à souder de sa fabrication, qui ressemblait plutôt à une cornemuse et qui lançait en hoquetant de courtes flammes bleu pâle.

— Vous… vous allez le brûler ?

— Ça brûle pas, les rats, répondit le Croll, en haussant les épaules… Ça fond.

Effectivement, dès qu'il se fut mis à caresser de son chalumeau la cage rudimentaire, après avoir poussé quelques cris de détresse et s'être roulé en une boule sursautante qui faisait tanguer le panier, le rat commença à se liquéfier. Une substance épaisse et grasse, à travers le treillis métallique, tombait goutte à goutte dans le bidon, avec un bruit de grosse pluie sur la tôle. Siméon assistait à la confection de cet incroyable coulis, avec un sentiment d'horreur d'autant plus violent que ses pensées l'emmenaient loin en arrière vers les années terribles de sa captivité.

« Voilà, se disait-il en frissonnant, bien davantage troublé maintenant par ce qu'il voyait, et par ce qu'il imaginait, que par le broutement anodin du baudet auquel il était déjà habitué, voilà ce qui aurait pu m'arriver, voilà ce qui est arrivé à d'autres ! »

Mais dans le même moment, comme s'il devinait ses pensées, le Croll, en poursuivant méthodiquement sa tâche, philosophait sur le monde et tirait la morale de l'histoire :

— Eh, oui ! disait-il. Faut toujours emplâtrer, replâtrer ! Dans ce putain de pays, on peut retaper les uns qu'aux dépens des autres ! C'est miracle qu'on survive… Tiens, prends le vieux Raurque. Tu devineras jamais comment j'y ai assaisonné sa jambe. Ah ! quel entonnoir aussi !... Eh ben, demandes-y donc des nouvelles de sa femme... Mais oublie pas qu'il est veuf ! Ah ! pourriture !

La petite flamme bleue léchait les pourtours du panier à salade d'où le rat avait été presque entièrement transvasé. Elle en nettoyait avec soin chaque maille, et le baudet, pendant ce temps, achevait de grignoter les orteils pourris de Siméon. Il laissa bientôt un pied tronqué et dénudé, sur le dessus, jusqu'à l'astragale, mais parfaitement lisse et net, un moignon de pied qui, pourrait-on dire, respirait la santé.

— Y a qu'c'lui-là qui se régale, l'animal ! dit le Croll. C'est sa fête aujourd'hui.

D'une bourrade, il repoussa le baudet et, son bidon à la main, reprit sa place en face de Siméon. Il recueillit au fond du récipient, et malaxa un moment entre ses mains, une grosse boule de substance noire qui, peu à peu, se solidifiait.

— Ton échelle, pour monter là-haut, demanda-t-il, c'est une gugumus ?

— Mon échelle ? une quoi ? fit Siméon, surpris.

— Une gugumus ! modèle à coulisses, quoi ! dit le Croll, en mimant maladroitement, à cause de la boule grasse qui lui empesait les mains, le maniement d'une échelle à éléments mobiles.

— Oui, oui, c'est une échelle coulissante.

— Ah ! je m'en doutais, putain ! C'est pas croyable ce qu'alle a pu 'ccaparer, la vieille Ham. Sous prétexte qu'aile est veuve, et malade, tout lui reviendrait dans le pays. Enfin, je vas te faire quand même un contre-barreau gugumus. Je suis assez fort dans la partie. Autant que tu puisses remonter là-haut sans t'casser la gueule !

— Oui, je vous en serais très reconnaissant, monsieur, dit Siméon.

Mais ses remerciements se perdirent dans les éclats de rire du Croll, que l'idée de cette dégringolade semblait mettre en joie.

Il façonna encore un instant son emplâtre et tout d'un coup, comme on lance sa boule à la pétanque, il l'appliqua violemment sur le moignon, en pétrissant en tous sens de mouvements rapides et précis.

Siméon ne ressentit aucune douleur. « Je suis guéri », pensa-t-il.

— Que ça durcisse un peu, conclut le bonhomme. Et tu es bon pour ton hiver. Après quoi...

Il souffla la lampe et retourna s'allonger sur sa couche, prêt à se rendormir pour plusieurs mois. Et comme Siméon attendait dans le noir, assis sur l'escabeau, il entendit le vieux borgne qui lui disait encore :

— Je garde la sandale, hein ?... c'est la boucl' qui m'intéresse. J'y avais déjà repérée...

## *JOURNAL DE SIMÉON*

*Mme Ham a raison, ce n'est pas habitable. Au moment même où elle m'a dit : « On s'accommode », j'ai compris que je devais m'en aller. Je ne peux pas, je ne veux pas, moi, m'accommoder – et je ne veux pas geler non plus dans mon coin comme ma vieille voisine. À plusieurs reprises, j'ai manqué de perdre mes yeux, le globe oculaire recouvert déjà d'une mince pellicule de glace. Je puis bien écrire sans pied, mais pas sans yeux, que diable !*

*Le Croll m'a admirablement soigné – mais, tandis qu'il m'appliquait son emplâtre, il m'est venu des remords : l'animal dont il s'est servi, ce rat qu'il a sacrifié pour moi sans hésitation, il eût peut-être suffi à sauver la pauvre doyenne. Elle ne devait pas avoir le sang si chaud. Ainsi, de quelque côté que je me tourne, je crois que j'abuse de la situation – et j'en abuse en vain puisque je ne laisserai derrière moi ni œuvre, ni monument, ni souvenir.*

*Je pourrais m'en aller par où je suis venu, en me laissant glisser sur la glace, sur les pentes de San-Creps, la jambe droite en avant, comme une petite machine de guerre, mon papier, mes crayons sur le dos, comme un écolier renvoyé de la classe…*

*Mais pour m'en aller où ? et pour retrouver quoi ?*

# III

Le pays s'installait dans le froid. Le gel bleu, comme on disait, pouvait durer trente à quarante mois. On hibernait.

Chacun, dans des conditions plus ou moins précaires, s'efforçait de survivre, en économisant ses forces. Portes et volets, dans les maisons, restaient clos ; la salle du café était déserte ; jusqu'aux douaniers qui avaient renoncé à leurs tournées d'inspection. Couverts par le règlement, ils « gardaient » la maison communale. En fait, ils faisaient chambre commune – et apparemment bon ménage – dans la salle du Conseil, avec leur vache. Tous les oiseaux qui devaient mourir étaient morts. Plus un bruit ne venait troubler le silence de la vallée, saisie dans son corset de glace.

Siméon, pour sa part, demeurait, à longueur de semaines, pelotonné sur sa couche, quasiment enroulé autour de son chat endormi. Bon gré mal gré, il s'accommodait.

Les premiers temps, il avait essayé de lutter.

Résolu à mettre à profit la longue stagnation de l'hiver, il s'était efforcé d'écrire à l'abri de sa couverture. Il avait noté d'abord quelques réflexions et résolutions dans son *Journal*, mais en l'absence de tout événement, ses pensées se faisaient rares et, comme il se le disait à lui-même, « ne méritaient pas l'insertion ».

Dans un effort suprême, il avait réussi un jour à transcrire sur une feuille vierge la première phrase du livre qu'il voulait écrire, telle à peu près qu'il l'avait depuis des mois dans les oreilles : « *Alleluia ! Crucifixus ! Eleïson ! jura le maître du camp, en frappant violemment ses leggings de son fouet.* »

Sur la planche dure et rugueuse de son lit, en traçant au crayon les trois points d'exclamation, il avait déchiré la feuille de papier drelin. Il avait eu tant de mal à tracer ses lettres que cette seule phrase occupait une page entière – et elle était à peine lisible. « Je n'aurai jamais assez de papier », calculait-il. Le lendemain, poursuivant son effort, il biffa l'adverbe « violemment » – par économie et parce qu'il ne lui plaisait plus. La rature, à nouveau, déchira le papier. Comble d'infortune : en rayant le mot, dans sa rage, il avait cassé la mine de son crayon. Il lui fallut plusieurs jours pour ronger le bois et remettre à nu la plombagine.

La semaine suivante, il se reprochait l'emploi du mot « leggings ». « Ce n'est pas possible, se disait-il : trois "g" dans un seul substantif ! j'ai déjà un "x" dans "Crucifixus" et le i tréma de Eleison… Quelle munificence ! Moi qui prétends écrire pour les pauvres ! »

Il froissa sa feuille en boule et la jeta.

Peu après, il fit une nouvelle tentative sur une nouvelle feuille. « *Alleluia ! Eleïson !* » écrivit-il. Ses doigts étaient engourdis par le froid. C'est à peine s'il pouvait tenir son crayon. Les lettres, et pas seulement les majuscules, étaient énormes et biscornues. Les deux mots remplissaient toute la page ; les points d'exclamation avaient déchiré le papier.

Il n'alla pas plus loin. Il se remit en boule sous sa couverture et la feuille tomba sur le sol, au pied du lit. Elle y est encore.

Aux historiens, aux archéologues qui viendraient un jour à découvrir ce manuscrit dans la vallée, je me permets de dire : « Attention. Dans l'esprit torturé de Siméon, le mot *Alleluia !* le mot *Eleïson !* n'étaient pas des mots d'espoir, c'étaient des jurons, des insultes peut-être… »

On se souvient que Siméon s'était également proposé de répandre dans le pays l'instruction, en apprenant à lire à Louana.

Au cours d'une visite qu'elle lui fit durant cette période, il avait commencé à lui expliquer le son A qu'était censé produire dans l'esprit le A majuscule de *Alleluia*.

— C'est pas pareil, avait objecté la fillette. Sur ton papier, ta lettre, elle fait plutôt Crrr !

Siméon avait alors essayé la méthode globale, en

utilisant le mot *Crucifixus*, qui comportait quatre syllabes intéressantes, et dont il lui avait expliqué le sens.

— J'ai rien à en foutre, de ce latin ! avait déclaré alors Louana. Ils en étaient restés là.

*

* *

À l'aube d'un de ces jours glacials, on entendit s'élever soudain sur le village figé par le froid des beuglements incoercibles et de plus en plus vigoureux, qui firent sortir les habitants de leur torpeur.

Du haut en bas du pays, chacun dressa l'oreille et à l'exception de Siméon qui était encore bien peu au fait des mœurs locales, pas un ne s'y trompa : la vache des douanes allait vêler.

C'était un événement insolite et qui se produisait hors saison. De plus, l'ampleur pathétique des meuglements, pour les oreilles les mieux averties, semblait présager quelque issue désastreuse. Bêtes et gens, habituellement, mettaient bas sans fanfare et le dernier accouchement qui s'était produit dans la vallée – celui de la Greuze, la cadette des sœurs Steppe – avait même tourné à une mascarade dont on se souviendrait longtemps et que le Croll, dans ses bons jours, s'était fait une spécialité de raconter dans les détails.

Les cris de douleur de l'animal, ce matin-là, résonnaient dans la vallée comme un glas et les villageois, à cet appel funèbre, se hâtaient de toutes parts vers la maison communale.

Louana, qui au premier meuglement avait bondi hors de sa couche, réveilla aussitôt sa cousine Cherline. Les fillettes échappant vite à la surveillance de la Brigde, vêtues de leurs petits manteaux à capuchon et d'une épaisse marmotte bien ficelée autour du ventre, se laissèrent glisser du haut du village, sur la glace vive, jusque devant le café Ham. Arrivée là, Louana laissa filer sa cousine et gravissant prestement l'échelle de Siméon, elle lui cria, sans même prendre le temps d'entrer :

— La vache des douanes qui fait le veau ! Dépêche, y a des complics !

Elle disparut de l'embrasure, commença à descendre les barreaux de l'échelle, mais se ravisa et passant à nouveau la tête au ras du sol, cria encore :

— Oublie pas ton chat cette fois ! Ça peut être long.

Siméon n'avait pas la moindre envie d'assister à un vêlement et quelles que fussent les complications annoncées par Louana, il savait que sa présence y serait parfaitement inutile. Mais d'autres raisons le déterminèrent : puisque, aussi bien, cette naissance inattendue prenait l'allure d'un événement municipal, Clara ne manquerait pas d'y assister, et Siméon, après les semaines de sa solitude hivernale, brûlait de la revoir.

Elle était là, en effet, et dans le groupe des villageois qui, lorsqu'il arriva, se pressaient déjà dans la salle du Conseil, abasourdis par les mugissements de la vache, il ne vit qu'elle d'abord, tache rose délicate parmi les rudes silhouettes des montagnards, sa petite robe tendue au niveau de la taille par la grosse boule de quelque animal à fourrure qu'elle avait dû, comme tout un chacun, s'attacher autour du ventre.

Siméon s'approcha d'elle. Ses regards la transperçaient, son cœur battait. Il réussit à se placer juste derrière elle, au premier rang du cercle des villageois. « Si elle s'évanouit, calculait-il, je la recueillerai dans mes bras. » Cette pensée lui causait une étrange exaltation. Mais elle ne s'évanouissait pas : elle restait fascinée par le spectacle qu'offrait la parturiente.

La vache des douanes, dont la maigreur, en quelques mois, était devenue squelettique, se trouvait agenouillée sur les pattes de devant, à la façon d'un dromadaire à l'étape ; elle relevait haut la queue et tendait, écartées, les pattes de derrière, poussant de toutes ses forces en beuglant, exhibant aux yeux des villageois une fente énorme et ruisselante, à travers laquelle on voyait apparaître la masse mouvante et blanchâtre du jeune fœtus.

Il devenait évident, au fur et à mesure qu'elle amplifiait ses efforts, que la pauvre bête allait donner naissance à un petit prématuré, au cartilage à peine solidifié, dont on se demandait avec inquiétude s'il serait viable.

Autant qu'on en pouvait juger, il se présentait assez mal : il semblait reposer, assis de travers, dans son sac nourricier, les genoux haut levés, un peu comme un petit pêcheur à la ligne. Ç'allait être du sport de le sortir de là !

Le Croll était à son affaire. Il avait revêtu un large tablier de cuir et s'était muni, en vue de l'extraction, de ses morailles passe-partout. Il jouait au mieux de l'importance que lui donnait, en l'occasion, sa compétence.

Ce n'est pas la position du rejeton, pourtant, qui l'inquiétait le plus. Il en avait vu d'autres. Penché en avant, au premier rang de l'assistance, les yeux rivés sur l'arrière-train de la bête, il se grattait la barbe avec perplexité. Il semblait redouter autre chose.

De temps à autre, il palpait entre les jambes ouvertes, comme un fruit mûr, le ventre de l'animal ; il mettait la main dans l'orifice béant, il éprouvait la pression exercée sur le fœtus par les organes, puis reniflait mystérieusement l'odeur qui lui imprégnait les doigts.

Chacun retenait son souffle, attendant un verdict stupéfiant. Louana pinça discrètement sa cousine et lui chuchota :

— Tu vois, j'te l'avais dit : y a des complics !

Clara, mains ouvertes sur les tempes, frissonnait d'impatience et Siméon, qui n'avait d'yeux que pour elle, ressentait son frissonnement.

L'attente se prolongeait. La vache continuait à mugir, mais il semblait que ses meuglements diminuaient de violence, se changeaient en une longue plainte continue. En même temps elle se frottait le museau contre le sol de terre battue, elle remuait la tête et le cou en tous sens, elle frémissait comme si elle était prise de chatouillements insupportables.

Le Croll plongea la main jusqu'à l'avant-bras dans la fente dégoulinante de la bête ; il palpait le fœtus en tous sens pour s'assurer, pensait-on, de sa position, mais aussi comme s'il cherchait Dieu sait quelle anomalie égarée dans ce sac à viande. Quand il retira sa main, les doigts repliés en forme de curette, il ne fut pas long à examiner sa prise.

— J'la savais bien, putain ! s'écria-t-il. La pourriture qui s'a foutu là-dedans !

Dans le creux de sa main, nageant dans un liquide visqueux, aux traces sanguinolentes, il montrait aux villageois attentifs, une nichée de grosses chenilles blanches, renflées, gavées, bouffies, pétant de santé et grouillant de plaisir.

Il se produisit alors ce qu'en d'autres assemblées on appelle des mouvements divers. Mais les habitants de ce pays étaient, pourrait-on dire, habitués aux phénomènes les plus surprenants. Pour surpris qu'ils fussent, leur surprise ne dura guère, elle fit place à une violente indignation, et c'est tout naturellement vers les douaniers que se tourna la vindicte collective.

— Qu'est-ce que tout ça veut dire ? rugit le rouge Guevers.

— Qu'est-ce que vous y avez fait, à cette bête ? interrogea Walter Dogde, farouche, et le doigt accusateur.

— Nous ? Quoi ? Comment ? Vous ne pensez pas...

Ils se défendaient mal, ils bredouillaient. Ils étaient debout contre le mur du fond, de part et d'autre du buste de l'Amiral. Ils baissaient les yeux sur leurs bottines.

Siméon aurait pu se réjouir de voir mis ainsi dans une situation difficile deux hommes en uniforme, et qui ne l'avaient guère ménagé jusqu'ici. Mais il arriva que son regard rencontra celui de Louana. Les yeux de la fillette brillaient de malice : elle chuchotait à l'oreille de sa cousine qui se retenait mal de pouffer de rire. Siméon se souvint des propos étranges qu'elle lui avait tenus : « Si tu veux te venger… Pour les vaches, je connais un truc… » Sans réfléchir, il se jeta dans la discussion.

— Pourriture ! Pourriture ! c'est vite dit, déclara-t-il. Savez-vous seulement ce qui doit sortir de ces chenilles ? Savez-vous que dans d'autres pays, il arrive que des vers semblables donnent naissance à des papillons ? Que ces papillons sont la parure des prairies printanières, la joie des enfants et des collectionneurs ? Attendez de voir quelle merveille multicolore va s'échapper de cette éclosion…

L'intervention incongrue et résolument idyllique de Siméon déchaîna dans l'assistance un immense éclat de rire. « Des papillons ! Sortir du cul d'une vache ! On aurait tout vu ! » « Ah ! ces gens de la ville ! Et pourquoi pas des oiseaux ? » Chacun s'esclaffait en se tapant sur les cuisses.

— Oui, pourquoi pas des oiseaux ? répéta Siméon

qui décidément s'entêtait et poussait son idée un peu loin. On dit que les colibris, dans les isles…

Mais le Croll, furieux, lui coupa la parole :

— Je connais mon affaire, affirma-t-il, en retroussant ses manches et en empoignant ses morailles.

C'est le moment que choisit la vache pour mettre bas.

On oublia les douaniers, on oublia Siméon, ses papillons, ses oiseaux. On fit cercle devant la bête : toujours à genoux sur les pattes de devant, elle émit un dernier beuglement qui ressemblait déjà à un râle et, poussant désespérément, elle expulsa le veau avec une violence inattendue, presque à la figure du Croll, qui n'eut que le temps de lâcher ses pinces pour le recevoir dans les bras. Après quoi, elle s'écroula comme une masse, dans la mare de son sang.

Le Croll, au cours de sa carrière, avait vu déjà bien des horreurs. Mais cette fois la nature dépassait la mesure de l'ignominie : l'avorton n'était qu'une charogne. Sur la masse gluante du fœtus, qui présentait assez nettement la forme d'un jeune veau, avec sa grosse tête aveugle aux oreilles collées, son ventre rond et ses pattes repliées aux petits sabots noirs, grouillait un essaim innombrable de grosses chenilles, semblables à celles que le Croll avait récoltées au fond de la matrice maternelle, si nombreuses que leur grouillement produisait un bruissement d'abeilles. Et il en sortait de partout, de la boîte crânienne entrouverte, des yeux, des oreilles, du nombril déchiré et du cul : on aurait dit qu'il en était rempli.

Le Croll poussa un rugissement de triomphe et de dégoût tout ensemble. Le liquide visqueux, rempli de vers et de sang, lui ruisselait sur le ventre. Son nouveau-né dans les bras, heureux comme une sage-femme, il poursuivait, en hurlant de rire et d'horreur, les villageois qui se sauvaient dans tous les sens, aux quatre coins de la salle du Conseil, hurlant eux aussi d'horreur et de rire, grimpant sur les bancs, sur la table, sur la charrette et jusque sur la cuisinière.

— Le voilà, le Roi ! criait-il. Chapeau bas ! Chapeau bas ! Sa Majesté Pourriture !

Il lui vint alors une idée prodigieuse, une idée comme seul papa Croll pouvait en avoir, en de telles circonstances.

Comme il avait couru un bon moment tout autour de la salle, contournant la table, enjambant les bancs renversés, sautant plusieurs fois par-dessus le cadavre de la vache, il s'arrêta enfin, épuisé, hilare ; et ne sachant plus quoi faire de son abominable fardeau, il lui vint l'idée de l'installer carrément sur le siège de la charrette municipale, ce siège présidentiel qu'avait construit son grand-père, et dont on l'avait expulsé pourtant lors de la dernière séance du Conseil.

Il grimpa sur le marchepied et jucha l'avorton sur la banquette. La conformation du fœtus, dont le squelette était à peine ossifié, mais qui était venu dans la position assise, fit qu'il se prêta parfaitement à cette promotion. Le trône semblait avoir été façonné à sa mesure. Il ne lui manquait vraiment qu'un fouet – ou un sceptre !

— C'est lui, le Roi ! répétait le Croll. Et maintenant, les enfants, en avant marche pour le Sacre !

Après les instants d'horreur et de panique qu'on venait de connaître, la proposition saugrenue du vieux grigou déchaîna des hurlements d'enthousiasme. Chacun descendit du perchoir où il s'était réfugié. On ouvrit grandes les portes, on s'attela aux roues, aux brancards, et sans même prendre le temps de descendre du chariot les quatre cuves d'eau que le règlement imposait de tenir toujours en réserve, on partit en procession à travers le village.

— Place ! Place ! hurlait le Croll, toujours hilare. Place à Sa Majesté ! Sa Majesté Pourriture !

Le froid surprit brutalement le cortège. Aussitôt dehors, les quatre cuves d'eau furent saisies par le gel ; le veau mort-né se trouva changé en un bloc de glace et collé à son siège dans une attitude rigide et terrifiante ; tout grouillement apparent avait cessé à la surface de son corps. Sur la route luisante comme une rivière bleue, la charrette allait de guingois et dérapait contre les ornières durcies. Bien qu'ils se fussent tous prémunis contre le gel en s'attachant sur le ventre quelque animal à sang chaud – et Siméon se félicita bientôt d'avoir suivi cette fois les conseils de Louana – les villageois n'en étaient pas pour autant à l'abri des morsures du froid.

Ils étaient partis inconsidérément vers l'aval, déboulant joyeusement sur la glace. Mais quand ils furent arrivés dans le bas du pays, presque au replat de San-Creps, devant les hautes congères de glace bleue qui barraient la route, force leur fut bien de faire demi-tour et de s'en retourner. La manœuvre fut délicate, la remontée s'avéra pénible.

Le Croll tentait bien d'animer l'expédition en jetant des slogans incongrus et quelque peu révolutionnaires, la joie était tombée, le cœur n'y était plus. On se trouvait attelé à une tâche inhumaine : remonter à main nue sur la glace vive, un chargement de près d'une tonne, et l'on se demandait par la force de quel pouvoir on y avait été contraint. Pour ce qu'on avait à en foutre, de ce veau pourri !

Plus d'un, en secret, j'imagine, dut former le projet de laisser là, en plan, chariot, chargement et charretier. Mais pas un ne l'osa. Au reste, les douaniers qui s'étaient mis tout naturellement en position d'encadrer la caravane, et qui marchaient d'un pas militaire, un peu ralenti, cérémonieusement, de chaque côté de la route, ne l'eussent permis sous aucun prétexte.

On avançait donc, mètre par mètre, sur la pente gelée, tirant des brancards, poussant de l'arrière et aidant aux roues. Un petit vent glacé s'était levé, jetant des bouffées de brouillard givré au visage des hommes de tête, transperçant la mince étoffe des vêtements.

Siméon, moins aguerri que les montagnards aux rigueurs du climat, ressentait durement l'emprise du froid. Il n'avait pas voulu se désolidariser du village, et bien que ses forces ne lui permissent ni de tirer, ni de pousser bien fort, bien qu'il marchât difficilement avec le petit sabot que le Croll lui avait ajusté au bout du pied, il s'était courageusement attelé au bras. Mais pour demeurer juste derrière Clara, il avait choisi une mauvaise place : le seul endroit du brancard où le bois était gainé de ferrure. À peine eut-il posé sa main nue sur ce manchon de fer, qu'elle s'y trouva soudée de toute la force du gel. Siméon, sentant le danger, la retira vivement. Trop tard ! Sur toute la longueur de la paume et jusqu'à la naissance des phalanges, la peau resta collée au brancard. La chair était à vif, le sang y affluait par toutes les artérioles et par l'arcade palmaire dénudée, aussitôt coagulé par le gel. Il n'avait pas osé se plaindre et avait saisi la prolonge, un peu plus bas, de l'autre main.

— Huhau ! Dia ! Huhau ! Dia ! criait le Croll, en faisant de grands gestes pour donner la cadence de la marche et le rythme des efforts.

Le cortège fit halte à la hauteur du pluviomètre que, dans l'allégresse de la descente, on avait à peine remarqué. Il dressait sa silhouette d'échassier au milieu d'un immense lac de glace et le vent qui, depuis plusieurs mois, soufflait dans la vallée, l'avait entièrement recouvert de fines aiguilles de givre ; il était devenu un oiseau de verre ; il avait quelque chose de frangible et de redoutable à la fois. Il était vraiment inabordable.

Les villageois le regardèrent d'un mauvais œil, ils tournèrent contre Siméon leurs mauvaises pensées : « Que faisait-il là, cet écrivain, dont on leur avait chanté monts et merveilles, à peiner avec le troupeau dans les brancards ? à emboîter le cul de la Clara ?

Que faisait-il de sa science ? Il leur avait tenu de beaux discours sur la pluie, le soleil et les papillons. Mais il n'avait rien changé à rien, il avait laissé le gel s'emparer de son appareil et la pourriture de son pied. Alors à quoi leur servait-il ? Avait-il atténué en rien les saisons ? Ce n'est pas tout d'ajouter une souffrance aux souffrances. Il pouvait bien perdre un pied après l'autre, et les mains après les pieds, et les yeux après les mains ! C'est toujours la misère qui triomphe ! »

Aux oreilles de Siméon parvinrent quelques-unes de leurs réflexions. Il se sentait las et douloureux, plus coupable que l'agneau qui vient de naître, plus pourri que ce veau dont il célébrait, sans même savoir pourquoi, la Majesté. « Je partirai d'ici, se disait-il au fond de lui-même, les yeux baissés sur sa dernière sandale et sur son petit sabot, je partirai d'ici à la première occasion. Je recommencerai ailleurs. »

Sur un signe impérieux des douaniers, on se remit en route. Mais il semblait à chacun que le sacre prévu avait tourné au cortège funèbre. Jusqu'au Croll qui faisait une mine d'enterrement et qui vint s'atteler de lui-même au brancard. Seul l'avorton, impavide et gelé, gardait un air de sérénité souveraine.

*

* *

Le soir tombait quand on se retrouva devant la Salle du Conseil.

Il faisait maintenant dans la salle aussi froid que dehors. La vache et son veau pouvaient fort bien attendre ici le dégel. On n'irait pas risquer de casser des pioches – à supposer qu'on trouvât des pioches – pour tenter de les enterrer dans la glace.

— Profitons-en pour délibérer, suggéra Schlitte qui parlait peu d'habitude, après qu'on eut rentré la charrette et son phaéton.

— Opposition ! rugit, comme à son habitude, Walter Dogde.

Selon lui, la convocation improvisée de l'Assemblée était irrégulière – et le quorum n'était pas atteint. On se compta plusieurs fois et l'on eut beau soustraire rigoureusement les morts récents, déclarés ou présumés, force fut bien de se rendre à ses raisons.

— Eh quoi ! fit alors le vieux Raurque, la voix chargée d'une immense lassitude. Va-t-on pas donc se gâcher la vie avec ces lois ? N'est-on pas donc assez tant malheureux comme ça ? Dirait-on pas que les saisons battent des records ? Et tout ça pour qui ? pour quoi ? Ni oui, ni non, ni monsieur, ni madame : pour celui-ci, pour celui-là. Regardez-le !

De sa béquille brandie, il désignait le buste de l'Amiral, que d'aucuns avaient pu ne pas bien observer. À peine la malheureuse vache avait-elle rendu son dernier vagissement, que le froid avait envahi la salle du Conseil ; le buste de plâtre, gorgé d'humidité, avait commencé à se fendiller sous l'effet du gel. L'Amiral présentait un visage craquelé, on aurait dit travaillé par mille cloportes ; une large lézarde le parcourait du képi au menton ; la lèvre supérieure et l'un des yeux avaient éclaté. Il était hideux, d'une laideur arrogante de blessé de guerre.

— Mais c'est vrai ça, cria quelqu'un du fond de la salle. On n'en a rien à foutre de ces Amiraux !

— Amiral de mes fesses, oui !

— Hé, attention ! Si c'est pas lui, ce sera un autre.

— On l'a déjà, l'autre. Et puis quoi ? On est libre. On serait pas les premiers !

— Au feu, l'Amiral ! Au feu !

La vindicte des montagnards avait trouvé son exutoire. Lequel d'entre eux saisit la béquille de Raurque ? D'un coup violent, il fit basculer l'Amiral de son socle.

— Au feu, l'Amiral ! Au feu !

On saisit à pleins bras le buste haïssable, on tenta de l'enfouir dans le foyer principal de la cuisinière. Le képi pénétra, et la tête. Mais il se trouva arrêté par les épaulettes, fiché à l'envers dans le foyer, comme une bassine. Il était creux. On tapa dessus. Il s'ébrécha.

On me reprochera, je pense, de ne pas rapporter ici ce que fut l'attitude des douaniers en cette circonstance exceptionnelle. On pourra s'étonner en effet de ne pas les avoir vus user de leur autorité pour faire respecter celle de l'Amiral, dont ils détenaient, après tout, quoique de façon très lointaine, leur prestige, leurs uniformes et leurs pouvoirs. Mais bien qu'ils ne l'eussent jamais avoué, ils se sentaient quelque peu responsables de la mort tragique de leur vache et, par voie de conséquence, de l'éclatement du buste qui s'était ensuivi, sous l'effet du gel, exactement comme l'avait prévu – et peut-être même ourdi – Louana. Il leur était difficile, en outre, de s'opposer radicalement à ce qui leur semblait être une volonté populaire unanime.

Du fait de l'inclémence des éléments et de la rigueur des saisons, la Commune s'était toujours, par tradition, gérée elle-même. Du moment qu'elle se choisissait une souveraineté reconnue – et qui durerait à tout le moins autant que le gel la lui conserverait – il ne restait aux représentants de l'ordre qu'à s'incliner. Leur rôle était de prévenir l'anarchie – non de s'opposer à un changement de régime. Aussi, pour bien marquer sa position aux yeux de tous, le brigadier s'avança-t-il à son tour devant la cuisinière. Il tenait à la main sa canne à bout ferré. Il la leva, en introduisit l'extrémité dans le buste renversé et, d'un coup sec, rapide mais ferme, il *piqua* l'Amiral à l'intérieur du crâne. Escladoss, son collègue, pendant ce temps, écrasait sous ses bottines les débris de plâtre qui étaient tombés sur le sol, au-dessous du socle.

À l'exception des deux gamines, bien sûr, qui s'en étaient donné à cœur joie, c'étaient les hommes du village qui avaient perpétré le massacre. Dès que l'exaltation fut un peu tombée, ils se trouvèrent en butte aux sarcasmes et aux invectives des femmes.

— On sait ce qu'on perd, oui, on sait pas ce qu'on trouve, non, fit la première en relevant un banc renversé devant la table, et en s'asseyant dessus.

Elle ouvrait carrément la discussion.

— Pensez que cet homme-là, fit une autre, en s'asseyant à son tour et en désignant d'un geste du menton ce qui restait de l'Amiral fiché dans le poêle, pensez qu'il a peut-être encore des descendants ! Quel blasphème s'ils venaient voir ça !

— Et tout de même, après tout, dit encore une vieille, si on survit, c'est quand même bien grâce à lui, qui sait ? Un exemple : les lentilles, elles sont pas venues comme ça toutes seules, par chez nous. L'a bien fallu qu'on les implante – un savant ou quelqu'un comme ça – un qui est plus que nous en tout cas. À supposer qu'elles s'assèchent, maintenant, hein ? qu'elles tournent en pierres ? Qu'est-ce qu'on mangera au dégel ? On a déjà perdu la rivière. Voyez-vous pas qu'on perde aussi les champs ?

C'était la première fois, depuis fort longtemps, qu'on faisait une allusion publique à la disparition de la rivière. Il fallait que la circonstance fût grave, car la querelle de la Bélière, on le savait était loin d'être apaisée dans les esprits et pouvait, en resurgissant, déchaîner les pires passions.

Les hommes baissaient la tête. Ceux qui avaient été les plus hardis pendant l'émeute, à commencer par Guevers, semblaient les plus timorés devant la délibération.

— Opposition ! Opposition ! criait Walter Dogde, en faisant de grands gestes. C'est tout ce qu'il savait dire.

Le Croll lui-même faisait piteuse figure. Pour tout dire, il se renfrognait dans une encoignure, tournant son chapeau entre ses mains, battant la semelle, un peu comme un moujik interpellé. La dernière intervention l'avait mis particulièrement mal à l'aise. Il connaissait son monde, et pour peu qu'on l'accusât bientôt d'avoir étourdiment spéculé sur les vivres, en fomentant l'assèchement des lentilles, pour peu qu'on découvrît encore, sous le gel, quelques pierres amovibles, il risquait la lapidation radicale, à laquelle il n'avait échappé que de justesse lors du débat sur la Bélière.

Il se rapprocha de Siméon et lui bourrant les côtes de coups de coude persuasifs, il lui glissa à l'oreille ces paroles brûlantes :

— Ah ben, vas-y, petit agneau ! Parles-y-leur. Je t'a soigné, défends-moi !

La main droite de Siméon dont toute la peau, je le rappelle, était restée collée sur le bras du chariot, n'était qu'une plaie sanglante et glacée. Il la lança en avant, le bras tendu, dans un geste impérial, et obtint un silence impressionné :

— Non, s'écria-t-il, avec une superbe inattendue, non, ce n'est pas pour manger des pierres que vous avez brisé aujourd'hui cette figure de plâtre ! Ce n'est sans doute pas à moi à faire ici l'éloge de la lentille dont vous savez fort bien utiliser les graines nutritives, dont vous savez, par tradition, tirer un alcool réparateur et vivifiant. Je me permettrai cependant de vous rappeler que la lentille est une plante annuelle et que, si particulières que soient ici vos saisons, rien ne pourra empêcher le retour périodique dans vos champs de ses vrilles et de ses gousses. Je vous rappellerai aussi que cette légumineuse était cultivée déjà dans l'antiquité, sur le pourtour méditerranéen et dans les terrains sablonneux de l'Orient, à une époque où il n'existait encore ni amiraux (vous remarquez en passant que la plupart des mots en al, comme amiral, forment leur pluriel en aux, a, u, x), ni amiraux donc, ni douaniers, ni même roses des vents. Il n'y a donc pas lieu, à mon sens, de craindre une prochaine disette, il n'y a pas lieu de craindre la disparition de vos champs : un champ ne disparaît pas comme une rivière ! Mais il y a pire. Ecoutez-moi.

Il fit une pause – non qu'il fût essoufflé ni particulièrement ému. Depuis son premier discours devant le Conseil, il avait acquis une assurance stupéfiante. S'il fit une pause, c'est afin de juger de l'effet que produisaient sur son public la beauté de son style et ses dons oratoires.

— Le pire c'est qu'avec votre permission, Messieurs, Mesdames, mes chers amis, je vais non seulement me démettre des fonctions dont vous m'aviez chargé, mais ma résolution est prise, dès que les circonstances le permettront, je vais quitter votre pays.

La nouvelle fit sensation. Y aurait-il eu dans le pays un télégraphe, il eût aussitôt crépité. Chacun, poussant des Oh et des Ah, se rapprocha de l'orateur. Siméon, mis en confiance, s'assit d'une fesse sur le rebord de la table et, jouant habilement des mains et des attitudes, continua à pérorer :

— Je ne vous ferai pas de reproches – car il est vrai que même si j'arrivais vers vous plein d'espérance, vous n'aviez nulle obligation envers moi. Mais je vous le dirai tout net, mes espérances ont été déçues. Vous avez cru m'honorer en me confiant une fonction scientifique. Mais vous vous êtes trompés sur ma science. Ecrasé par les difficultés matérielles, paralysé par ce gel qui est la pire des sécheresses, j'ai dû renoncer à écrire un livre qui eût été la gloire – et qui sait ? – la résurrection de votre vallée. Laissons cela, et venons-en à la proposition que je voulais vous faire. Je ne suis pas venu vers vous pour prendre mais pour donner et si démuni que je sois, vous ayant laissé déjà plusieurs orteils, un pied presque entier et bientôt, je le crains, une main (une nouvelle fois, sur ces mots, Siméon tendit vers ceux qui l'écoutaient la plaie sanglante de sa paume), je voudrais vous laisser, à défaut d'un livre, une sorte de monument exhaustif, qui perpétuerait mon passage parmi vous...

— On a déjà un monument, cria quelqu'un dans l'assistance, on sait pas quoi en faire ! Faudrait l'entretenir et...

Siméon, irrité, fit pour réduire au silence son contradicteur, un geste d'une rare insolence – et d'autres voix s'élevèrent dans le même sens. On entendit : « Chut ! Chut ! Tais-toi ! Laisse-le parler ! » Siméon reprit :

— Non, dit-il, il ne s'agit pas pour moi d'ajouter une croix aux autres croix. Je vous propose de faire un enfant à Clara Dogde, ici présente, et de le laisser au pays. Je vous prie de ne pas douter de mes sentiments envers elle.

Côté hommes : stupéfaction. Chez les femmes, ce ne fut qu'un gloussement général. Même Clara, rougissante et se cachant le visage dans ses deux mains, ne pouvait réprimer le fou rire aigu qui s'était emparé d'elle. Les fillettes se croisaient les jambes pour rire tout leur saoul.

Au milieu des rires, on pouvait cependant percevoir quelques réflexions que Siméon enregistra comme les première réactions officieuses – côté femmes – à sa proposition. Du principe même, on ne disait mot ; c'étaient les modalités qui surprenaient : « La Clara ? » disait-on… « Pourquoi la Clara ? Maigre comme elle est ! Il va la faire exploser ! » D'autres ajoutaient, en piaillant et en clignant de l'œil d'un air entendu :

— Il se croit bien malin ! Elle a plus d'un tour dans son petit sac, la Clara !

Quand il eut achevé sa péroraison, Siméon estima qu'il était de bon ton de se retirer pour laisser le Conseil examiner sa proposition hors de sa présence. Il chercha un moment à rencontrer le regard de celle qu'il aimait, espérant y lire un acquiescement, une promesse. Mais Clara, le visage caché dans les mains, ne semblait préoccupée que de son fou rire. Il ne s'attarda pas, et sortit discrètement.

Après son départ, et bien que les femmes, dans l'état hystérique où elles se trouvaient, fussent bien incapables de participer à une discussion, d'aucuns voulurent reprendre le débat. Walter s'y opposa. Sans sortir du domaine des règlements et des usages, et s'appuyant sur une argumentation précise, il réclama le renvoi de l'affaire et la convocation régulière de l'Assemblée.

— Une proposition de ce genre engage l'avenir de la Commune. Pas de décision hâtive ! Pas d'escamotage ! Ou alors c'est que tout est vraiment pourri dans le royaume de Pourriture !

En prononçant ces derniers mots, Walter Dogde fixait le Croll d'une façon manifestement provocante. Ses yeux étaient brillants de fièvre.

— C'est Papa Croll que tu cherches ? lui demanda placidement le Croll.

— Tu l'as dit, répondit Walter.

On s'écarta. L'honneur voulait que dans un semblable affrontement, afin de ne pas désavantager le plus faible – et dans ce cas c'était bien évidemment Dogde – les adversaires ne fissent usage ni des pieds, ni des mains. Cette règle permettait aux nombreux infirmes du pays de lutter contre les hommes valides, à armes presque égales.

Aussitôt donc les deux hommes s'agenouillèrent, face à face, mains croisées dans le dos ; ils se saisirent l'un l'autre par la mâchoire et dans un terrifiant bouche à bouche, où il semblait qu'on entendît craquer les molaires, ils roulèrent sur le sol, au milieu du cercle toujours piaillant, des dames et des demoiselles.

À l'aube, Walter Dogde obtint gain de cause et le débat fut ajourné. Le Croll, que le combat avait mis en joie, ramassait sur le sol les débris de dents.

# IV

Le Conseil, régulièrement convoqué, ayant finalement accédé à la proposition de Siméon, les deux douaniers, dûment mandatés, se présentèrent un matin au domicile des Dogde, afin de signifier à la femme Clara, épouse Dogde, née Gonocque, d'avoir à obtempérer à la décision commune. Le temps de grossesse étant soumis aux fluctuations des saisons, le brigadier avait fixé le jour de la conception en tenant compte de l'évolution du gel. D'après ses calculs, la naissance escomptée pourrait avoir lieu avant la venue de la neige. Mais il n'y avait pas de temps à perdre.

Comme la mesure avait été déclarée « d'intérêt général », il allait de soi que son exécution serait publique. La présence de chacun n'était pas « obligatoire » mais « souhaitable », afin que de nombreux témoins pussent s'assurer du déroulement de l'opération, afin aussi d'empêcher les partenaires d'y prendre un plaisir déplacé. On verra bientôt combien, sur ce point, les craintes étaient inutiles.

Lors donc qu'ils virent, ce matin-là, les douaniers en uniforme réglementaire traverser le pays pour se rendre chez la Clara, les villageois comprirent que le jour était arrivé, et sortirent en hâte de chez eux.

Il y avait foule devant la demeure des Dogde, lorsque Clara parut sur le seuil, encadrée des deux fonctionnaires. On l'acclama comme la Reine d'un jour, et elle, incapable de réprimer son fou rire et de répondre aux vivats, de confusion se cachait le visage dans les mains.

On se mit en route vers le café Ham. Le froid était vif et bientôt, pour la réchauffer un peu et surtout pour l'empêcher de glisser sur le chemin de glace – Clara n'était chaussée que de ses mules roses qui lui tenaient mal aux pieds – les hommes des douanes la prirent d'une main ferme, chacun par le bras, un peu en dessous de l'aisselle. Ils la soulevaient à chaque pas. Tout le village suivait tant bien que mal ; Louana et Cherline gambadaient autour du cortège.

Un observateur qui se fût trouvé là, peu familiarisé avec les usages du pays, eût été convaincu de croiser sur son chemin une jeune pauvresse enceinte, en état d'arrestation comme elles le sont presque toujours. Or Clara Dogde était loin d'être pauvre (elle descendait de la riche famille des Gonocque), elle n'était pas enceinte (c'était son animal à sang chaud qui lui ballonnait le ventre par-dessous sa robe) et on la menait en triomphe !

Il était apparu clairement, en effet, au cours des

débats qui avaient précédé, que l'offre de Siméon de faire un enfant à Clara était vraiment un honneur, pour elle d'abord et pour tout le village. Car on ne doutait pas que la Science, comme la maladie ou les infirmités, fût héréditaire : l'enfant qui naîtrait de leur union serait un savant, et un savant natif du pays. Siméon avait échoué parce qu'il était étranger ; son fils, fils de la Clara, descendant et héritier des familles Dogde et Gonocque, avait toute chance de *réussir*. Grâce à lui, dans vingt ou trente ans, quelques saisons à peine, les conditions climatiques pourraient s'améliorer, de nouvelles espèces de légumineuses pourraient couvrir les champs asséchés, on découvrirait un nouveau mode de chauffage qui permettrait de sacrifier – et même de manger – quelques animaux ; qui sait si la Bélière ne resurgirait pas ? Bref, toutes les espérances que Siméon, sans le savoir, avait fait éclore et avait déçues, on les reportait sur cet enfant qui allait naître et qu'on élèverait en commun.

Seule Louana avait émis des réserves :

— Ça marchera pas, avait-elle annoncé au Conseil. La Clara, elle est trop maigre.

Clara, vexée, l'avait giflée. Le Croll, consulté, avait refusé de se prononcer.

Quand on arriva devant le café Ham, au pied de l'échelle gugumus, une violente dispute éclata : chacun voulut monter, mais visiblement, on était plus nombreux que prévu. Le Brigadier avait mis au point, dans sa tête, un cérémonial qui, par la suite, pourrait faire, le cas échéant, jurisprudence. Mais pour l'heure, on innovait. Les uns suggéraient d'écarter les femmes, d'autres au contraire que seules les femmes fussent admises.

— Toi, disait-on à Raurque, tu n'es même pas foutu de monter à l'échelle !

— Toi, répliquait-il, avec la tête que tu as, tu ferais rater le petit !

— Moi, disait un autre, j'ai été père et je suis fils. C'est bien normal…

— Et moi alors, rugit Walter, je suis le mari, il me semble !

Le Croll, vexé qu'on ne l'eût pas prié de présider à la cérémonie, tourna le dos à la compagnie, et rentra se coucher en maugréant.

— Y m'appellent que quand ça va mal ! avait-il lancé, plein de rancœur. Et pour une fois qu'y a de la rigolade…

Louana et Cherline profitèrent de la coufusion pour monter prestement à l'étage. Les hommes des douanes étaient débordés.

Mais voilà que sur le seuil de sa porte, parut la veuve Ham en corset. Elle vola au secours des autorités, invectivant vivement les querelleurs. Depuis toujours elle détestait la Clara.

— C'est-il pas une honte de vous bousculer tous pour aller voir fricoter cette maigrichonne ? cria-t-elle, les mains sur sa carapace, à la hauteur des hanches. C'est une maison honnête ici ! Je suis chez moi, et l'échelle elle est à moi. Je ne veux pas que vous alliez mettre vos sales pieds pourris sur mes barreaux. Ceux qui ont des bottines, ça va ! les autres, allez, ouste !

Elle fit un grand geste des bras, aussi large que le lui permettait son corset, comme si elle balayait la place, elle qui, de sa vie, n'avait tenu un balai !

Ainsi la discrimination se trouva faite : une partie des villageois, derrière le Brigadier qui précédait Clara, commença à gravir l'échelle (le douanier en second qui, sur l'ordre de son chef, contrôlait l'état des chaussures de chaque postulant, monta en dernier). Les autres, autrement dit les va-nu-pieds, ou peu s'en faut, entrèrent dans la salle du Café.

— Croyez-moi, disait la veuve Ham, levant les yeux et le pouce en l'air, avec une mimique pleine de sous-entendus, ces trucs-là, c'est tout aussi marrant par en dessous. Les plafonds sont plutôt minces !

*

* *

Siméon qui dormait, roulé en boule autour de son chat, se réveilla en sursaut. Il fut terrorisé en voyant entrer dans sa chambre cet afflux de visiteurs conduits par le chef des douanes. Qui saura jamais de quel cauchemar obsédant on le tirait soudain ?

— Non ! Non ! cria-t-il en se redressant à demi sur sa planche, se protégeant le visage de son bras replié.

La blessure de sa main déchirée avait pris mauvaise tournure ; la chair dénudée s'était boursouflée et ne formait plus qu'une sorte de gros emplâtre rouge sombre, presque noir, que le sang faisait frémir au rythme de sa pulsation.

— Oui ! Oui ! répondirent en chœur les villageois, poursuivant assurément d'autres pensées et quelque peu surpris de l'accueil que leur réservait l'étranger. Après tout, c'est à sa requête que l'on déférait.

Mais Clara, qui eût pu se vexer de se voir repoussée ainsi en public, partit d'un nouvel éclat de rire qui se communiqua vite à la compagnie tout entière.

Seul le chef des douanes, tenu par ses fonctions, se devait de garder son sérieux ; il pensa qu'il s'agissait d'un malentendu, et il entreprit d'exposer clairement la situation.

Dans son style embarrassé, multipliant les *attendu* et les *conséquemment*, il parvint à exposer à Siméon que le Conseil avait accédé à sa demande, accepté l'offre faite par lui de laisser à la Commune « un monument particulièrement exhaustif », voté l'adjudication à la majorité requise et enjoint à la femme Clara, épouse Dogde, née Gonocque, de se prêter à la fécondation, selon le désir exprès exprimé par le fondateur. En conséquence de quoi, elle avait été amenée « sous escorte d'autorité, quoique consentante », au domicile notoire du requérant, aux date et heure fixées par lui, Aoste, Brigadier des douanes, en fonction, dûment mandaté, et ce pour procéder à l'exécution de la décision commune, en présence de témoins agréés, honorablement connus, mais il fallait en convenir, assez arbitrairement sélectionnés selon un critère, proposé par Mme Ham, veuve et propriétaire.

Dans tout le fatras de ce langage administratif qui déferlait sur lui, Siméon, peu à peu remis de ses angoisses nocturnes et de sa surprise du réveil, ne retint qu'un seul mot : « Elle est consentante » se dit-il… « elle est consentante » ! et son cœur bondissait de joie.

Certes, eût-il le choix des circonstances, il eût imaginé une autre cérémonie, un autre décorum pour célébrer ses noces amoureuses. Combien de fois, dans la solitude glacée de sa couche, ne s'était-il plu à imaginer de somptueuses épousailles, au fond de grottes mousseuses, entièrement tapissées de fougères géantes ? Combien de fois, par la pensée ou par le rêve, n'avait-il tenu dans ses bras Clara nue comme une lampe de bronze, ruisselante d'eau vive sous des cascades, parmi des arbres exubérants ? Combien de fois n'avait-il roulé, tendrement enlacé avec elle sur des tapis d'algues et de hautes herbes noyées, sur les rives de lacs sauvages, découpés en milliers d'îles heureuses, par des deltas de ruisseaux innombrables ?

« Mais quoi ? » se disait-il tandis que le représentant de l'Autorité poursuivait l'exposé des *voies et moyens* qu'il avait élaborés pour parfaire à l'exécution du projet, « qu'importent après tout les circonstances ? Je fermerai les yeux et je serai heureux. Une caresse vaut mille images ».

Son corps entier était à vif, avide du moindre

contact, plus écorché, plus brûlant que sa main dénudée.

Il commença à s'inquiéter, cependant, lorsqu'il vit que les deux douaniers, aussitôt fini le préambule du Brigadier, s'approchaient de sa planche et le tiraient au milieu de la pièce. De sa vie, jamais il n'avait fait, dans la position allongée, un tel déplacement ! Les « témoins » groupés dans le fond de la pièce, le long du mur, suivaient avec une curiosité passionnée le déroulement des opérations, se chuchotant les uns aux autres des réflexions et des plaisanteries, les femmes s'efforçant d'étouffer leur fou rire. Louana et Cherline s'étaient assises par terre à l'écart, dans l'angle opposé de la chambre. Elles attendaient, en gigotant, avec une impatience fébrile, voisine de l'hystérie. Les bras de la cadette étaient bleus des pinçons de sa cousine. Quant à Clara, la principale intéressée, l'héroïne du jour, elle restait là, au milieu de la pièce, à se tortiller comme un ver, le visage dans les mains, les jambes croisées alternativement l'une devant l'autre, le ventre gonflé par l'animal endormi qui tendait la mince étoffe de sa robe. Elle se sentait exposée à tous les regards – celui de Siméon n'était pas le moins gênant – elle dissimulait sa pudeur et sa fierté tout à la fois, comme une jeune récitante à quelque distribution de prix, dans le gloussement de ses petits rires.

Après avoir tiré le lit, les douaniers s'approchèrent d'elle et, sans hésitation ni temps mort – peut-être avaient-ils procédé, le jour précédent, à une répétition générale sur un témoin ? – ils la saisirent chacun par une aisselle et un genou :

— Laisse-toi aller ! laisse-toi aller ! lui glissait Aoste, un peu nerveux lui aussi, conscient de ses responsabilités.

Clara poussa un petit cri, et se laissa aller. Elle s'agenouilla dans les grosses mains des douaniers, les jambes repliées en arrière, basculant légèrement en avant, dans un lent mouvement de balancelle.

Les deux hommes soulevaient allégrement leur mince fardeau ; ils s'approchèrent du lit, le contournant chacun d'un côté et, très vite, tandis qu'Aoste soulevait prestement la couverture, avec une précision stupéfiante, ils plantèrent la jeune femme, juste où il fallait, perpendiculairement à Siméon qui, emporté par le jeu d'une imagination divagante, les yeux fermés et dans l'état que l'on devine avait à peine eu le temps de se figurer exactement *son bonheur*.

En fait, il ne ressentit qu'une sorte de brûlure mouillée, spongieuse, un peu semblable à celle d'un emplâtre appliqué sur une plaie vive, en même temps qu'un pincement incongru et tenace.

— Nom de Dieu ! pensa-t-il soudain. La grenouille !

Au même moment, Louana qui s'était allongée par terre pour mieux voir, le menton entre les mains comme un petit guetteur indien, annonçait drôlement pour l'assistance :

— Crucifixus ! Alleluia !

soit qu'elle eût déchiffré une des feuilles de brouillon

que Siméon avait laissé traîner par terre, se souvenant de l'unique leçon qu'il lui avait donnée et au cours de laquelle il lui avait expliqué que les voyelles et les consonnes qu'il traçait sur son papier correspondaient à des sons et des vocables ; soit que la position rigoureusement perpendiculaire des deux protagonistes eût éveillé en elle le souvenir d'histoires anciennes qu'il avait pu lui raconter ; soit encore qu'elle eût pressenti soudain, comme cela lui arrivait parfois, la suite tragique des événements et disons, le véritable chemin de croix qu'allait bientôt connaître son *choubi*.

Les douaniers qui avaient attendu un instant, le temps convenable, pensait le brigadier, pour favoriser, de part et d'autre, la sécrétion des diverses glandes hormonales, reprirent alors la jeune femme, chacun par-dessous un genou et une aisselle, et la soulevant légèrement, puis la laissant retomber, imprimèrent à son corps un mouvement de va-et-vient régulier dans le sens vertical, indispensable selon eux, ainsi que l'avait exposé Aoste dans son préambule, au déclenchement des fonctions organiques nécessaires à la fécondation.

Si légère que fût la maigre Clara, leur position à demi courbée était fort inconfortable et bientôt on les entendit ahaner, comme les scieurs de long maniant le haut fer. Siméon, les yeux au ciel, suivait de son mieux la cadence.

— Huhau dia ! Huhau dia ! criaient les témoins, battant des pieds et des mains pour rythmer les efforts lancinants des représentants de l'ordre, au milieu de l'excitation joyeuse, des cris, des gloussements et des rires, parmi les quolibets lancés à chaque instant par l'un ou l'autre.

Louana et Cherline, surexcitées, se roulaient, au sens propre, sur le plancher, faisant des cabrioles, les jambes en l'air, au risque d'écraser leurs marmottes ; celles-ci, réveillées par cette gymnastique, mêlaient leurs sifflements aigus aux cris de tout le village ; quant à la Reine du jour, la Clara, triomphante, elle avait renoncé à se couvrir le visage de ses mains : elle laissait éclater sa joie, son plaisir comme une gamine au manège, secouée de tels éclats de rire qu'on crut un instant qu'elle avait pris le hoquet.

Tout cela faisait un beau tapage et la veuve Ham ne s'était pas trompée en promettant « de la rigolade » à ses invités sans bottines du parterre. Jusqu'au premier étage, à travers le mince parquet on les entendait hurler de rire, imaginant Dieu sait quel spectacle plus réjouissant encore que celui qu'offraient au balcon les protagonistes.

Que se passa-t-il alors ? Même Louana, qui était pourtant bien placée, n'y vit que du feu. Plus tard, elle ne put que répéter avec obstination :

— Je l'avais bien dit ! Je l'avais bien dit ! La Clara, elle est trop maigre !

Siméon, sous l'effet de la répulsion soudaine qu'il avait éprouvée en pensant à cette petite grenouille, avait-il fait un faux mouvement ? Clara, secouée jusqu'à la convulsion par son rire nerveux, avait-elle subi une contraction interne involontaire ? Toujours est-il que, lorsque les douaniers, estimant avoir largement accompli leur mission, décidèrent d'interrompre l'opération et de libérer Clara Dogde, ils n'y parvinrent pas. Ils eurent beau saisir la jeune femme à pleins bras, tirer et pousser de cent manières et de toutes leurs forces, aidés bientôt par quelques témoins volontaires qui s'efforçaient de maintenir l'homme à plat sur sa planche tandis que les fonctionnaires s'acharnaient sur la femme, rien n'y fit. Les deux corps semblaient soudés l'un à l'autre plus solidement que par le gel. Siméon gardait un visage stupide et douloureux, Clara commença à pleurer tout doucement. Walter lui tenait la main. Plus personne ne riait.

De la salle du Café parvenaient encore quelques plaisanteries attardées qui maintenant sonnaient faux et faisaient mal. Ce fut la consternation.

Le corps des douanes n'avait rien prévu de semblable ; il était complètement désarmé devant l'événement. On convint d'en référer au Croll. Lui seul, pensait-on, saurait imaginer quelque expédient. On lui dépêcha les fillettes, mais elles revinrent bientôt bredouilles.

Le Croll, vexé et maître de la situation, refusait de se déplacer : « Y z'ont qu'à venir eux-mêmes », avait-il fait répondre à l'adresse des malheureux conjoints.

— Z'ont qu'à... z'ont qu'à... Facile à dire ! fit le brigadier, furieux et perplexe.

Mais il fallut bien en passer par où voulait le vieux grigou. On détacha d'abord, avec précaution, le gros rongeur qui dormait sous la robe de Clara : c'était une femelle de hamster, un superbe animal, à la robe luisante et bien fournie, aux mamelles épanouies, proéminentes. Plus d'une femme du pays, à sa vue, pâlit de jalousie et se détourna, comme si l'on avait pu deviner soudain, sous ses jupes, pour faire des comparaisons désobligeantes, la vulgaire marmotte, le ragondin de l'an dernier, que certaines portaient encore cette année, depuis le gel. Puis on aida Siméon à se mettre debout. Clara était petite, ses pieds ne touchaient pas terre, mais elle s'accrochait des deux mains au cou de son partenaire ; il lui avait passé sa main valide autour de la taille, et il la supportait aisément, allégrement pourrait-on dire car en dépit de la douleur qu'il ressentait, à cause de son amour sincère pour Clara, il éprouvait au fond de lui-même un bonheur inespéré : en fin de compte, il tenait bel et bien dans ses bras la femme qu'il aimait. Il sentait la caresse de ses bras nus sur sa nuque et la ligne flexible de ses reins sous sa paume. L'eût-il osé, il lui aurait chuchoté à l'oreille des mots tendres, comme un collégien à sa danseuse, le soir de leur premier bal.

On les enveloppa l'un et l'autre dans les sacs de toile qui couvraient le lit, on passa au pied gauche de Siméon sa dernière sandale, on lui jeta sur les épaules son manteau de gabardine aux pans arrachés.

La descente de l'échelle fut assez périlleuse, mais le brigadier ouvrant la marche et soutenant Clara de son dos, Walter retenant le couple par derrière, de barreau en barreau, on arriva en bas sans dommage.

Les villageois qui étaient sortis sur le seuil du café Ham, et la veuve elle-même, en corset, applaudirent sans arrière-pensée à cet exploit. On commença l'ascension du chemin de glace qui menait vers le haut du pays. Ce fut un *calvaire*, image ou expression banale sans doute, mais à laquelle la Croix de Sépia, dressée sur son tas d'immondices durcies par le gel, et toute scintillante de ses aiguilles blanches, donnait pour une fois un sens précis, qui n'avait pu échapper à l'infortuné pèlerin, chargé de son tendre et précieux fardeau.

Seul, Siméon ne serait jamais parvenu à gravir cette muraille, mais les villageois lui calaient son pied et son sabot, à tour de rôle, sur les aspérités et dans les crevasses ; d'autres le hissaient sur les escarpements de glace, l'aidant à maintenir son équilibre. Ce fut pénible, certes, mais enfin on parvint devant l'antre du Croll, au soulagement général.

Pour amadouer le vieux borgne qu'il s'attendait à trouver d'humeur rogue, Aoste avait en chemin préparé des phrases. Mais dès que le Croll eut aperçu les nouveaux conjoints, avec leur pauvre mine déconfite et honteuse, il partit d'un rire généreux qui se communiqua à l'assemblée et rasséréna l'atmosphère.

— Nom de Dieu ! cria-t-il tout de suite, un Captivus ! Quel spécimen !

Décidément, on parlait beaucoup latin, ce matin-là, dans la vallée !

Avec de grands égards, le Croll fit entrer ses consultants et pria Siméon de s'asseoir, au mieux qu'il le pouvait, sur l'escabeau, Clara restant, bien entendu, debout devant lui, légèrement pliée en avant, et s'appuyant des coudes sur ses épaules. Depuis plusieurs mois, l'âne avait rempli la demeure d'impressionnants tas de crottins humides ; il y en avait partout, on pataugeait dedans. Néanmoins, chacun se pressait curieux au plus haut point de savoir comment le Croll allait se tirer d'une situation qui avait mis en échec les deux douaniers et les plus vigoureux d'entre les montagnards. En son for intérieur, plus d'un espérait assister à une scène aussi extravagante que celle qui avait préludé à l'accouchement de la Greuze, la cadette des sœurs Steppe et dont on n'avait pas fini de faire des gorges chaudes.

Le Croll prenait son temps. Il ne paraissait nullement inquiet ; son œil brillait de malice. Il regardait tout son petit monde d'un air narquois, avec l'air de dire. « Ah ! Ah ! vous avez voulu vous passer de Papa Croll ? Vous êtes bien avancés maintenant. Papa Croll n'a peut-être pas de bottines, comme ces Messieurs de la douane, mais il est plus malin que vous tous ! »

Le silence était impressionnant. Seul le baudet, indifférent à la scène, broutait bruyamment dans son coin des fagots de branchages, et lâchait de temps à autre un chapelet de crottins.

Avec des mines de confesseur, le maître de céans s'approcha enfin de Clara, et commença à l'interroger à voix basse. Chacun prêta l'oreille, mais personne n'entendit rien de ce qu'il lui disait. On vit seulement la jeune femme rougir de confusion, des oreilles aux chevilles, au point que sa robe rose en parut soudain presque blanche. De la tête, elle faisait ; « Oui, oui », à chaque aveu que lui arrachait l'étrange inquisiteur et elle se reprit à pleurer doucement.

— Te tracasse pas, va, sauterelle ! lui dit enfin le Croll, à voix haute cette fois, et en lui passant familièrement la main sur la croupe.

Puis, se tournant vers l'assistance, il annonça d'un ton sans réplique :

— Tous les mâles à la rue ! Les femelles, a peuvent rester, si ça les amuse !

De mémoire d'homme, aussi loin qu'on remontât dans les souvenirs, on n'avait jamais entendu chose pareille. Cela parut proprement scandaleux. Fécondations, dépucelages, avortements, menstrues, césariennes, les mâles, dans le pays, avaient toujours assisté à tout. Qu'est-ce que cet ivrogne allait donc inventer, pour qu'on les fît sortir ainsi, comme des enfants de chœur ? Il se croyait bien malin pour rester à faire le godelureau devant les dames ! Et l'étranger, lui, l'écrivain, c'était bien un mâle, apparemment : de quel droit assisterait-il donc à la cérémonie ? C'était un comble !

Mais à l'attitude du Croll, qui attendait, triomphant et goguenard, on comprit vite que toute dicussion était inutile. C'est Walter qui se décida le premier. Au fond de lui-même, il ne tenait pas tellement à assister à toutes *les horreurs* qu'il imaginait qu'on allait faire subir à sa femme. Avait-il un chapeau ? Oui, il avait un chapeau qu'il roulait entre ses mains, qu'il mit brusquement sur sa tête. Il tourna le dos et s'en fut. Escladoss et Aoste supportaient mal l'affront fait, tant à leur personne qu'à leur fonction. Ils lui emboîtèrent le pas, sans mot dire, suivis bientôt par tous les hommes de l'assistance, après un temps plus ou moins long, selon la susceptibilité de chacun, et en dernier par le vieux Raurque, qui s'était senti blessé au plus profond de son amitié pour son compère, qui maugréait tout seul et qui en avait les larmes aux yeux.

Le Croll alla d'abord s'assurer qu'aucun mâle n'était resté dissimulé dans la pente obscure qui remontait vers la sortie. Il bloqua soigneusement sa porte avec un rondin, puis redescendit tout joyeux vers les dames. On aura deviné qu'aucune d'elles n'avait renoncé au privilège qui leur était offert d'assister à la séance.

— Sera jamais dit que Papa Croll a jamais trahi un secret ! déclara le vieux sorcier. Nom de Dieu, j'ai ma fierté !

Après quoi les choses se passèrent le plus aisément du monde. Croll prit dans son tiroir une grosse montre à savonnettes dont il avait retiré le mécanisme, et qu'il avait astucieusement transformée en lampe à huile. Il l'ouvrit, et en alluma la mèche. Réfléchie par le verre bombé, la petite flamme émettait une vive lumière.

Ni Clara, ni aucune des dames ou demoiselles qui suivaient avec un intérêt croissant son manège ne voyaient encore où il voulait en venir. Quant à Siméon, qui avait redouté l'emploi d'instruments plus terrifiants, il se sentait quelque peu rassuré.

Au bout d'une longue et mince ficelle, le Croll suspendit la savonnette à un étai de la voûte, de façon qu'elle tombât comme un pendule, exactement entre les deux conjoints – Clara s'était redressée et se tenait aussi droite que possible – à quelques centimètres au-dessus de la proéminence pubienne. Puis on le vit détacher de son cou le foulard rouge qu'il ne quittait jamais, en défaire soigneusement les nœuds et les plis, et en envelopper la petite lampe. Il lui imprima un léger mouvement de balancier et releva légèrement la robe de Clara. Un coin du foulard qui pendait, à chaque passage, lui chatouillait le bas du ventre.

On attendait en silence et dans le recueillement. L'âne continuait à mâchonner des brindilles, en éjaculant ses crottins. Tous les yeux suivaient le mouvement régulier, fascinant, de la petite lumière rouge, allumée comme une lampe sacrée sur l'autel de la fécondation.

Clara retenait son souffle et ses larmes. Mais bientôt, elle fut saisie de légers frissons. À plusieurs reprises, on la vit porter une main devant sa bouche pour retenir un rire étouffé.

— A se décide, annonça le Croll qui, tout en continuant à entretenir le mouvement de la veilleuse, surveillait attentivement le comportement de Clara.

Et bientôt en effet, alors qu'elle commençait à se tortiller de façon de plus en plus manifeste, Siméon sentait se relâcher la malencontreuse emprise. D'un coup, il se trouva libre et se rajusta en hâte. Mais au même moment, comme si la coquine avait brusquement changé de caprice, une grenouille volumineuse et toute gluante, bondit hors de sa cachette, pour happer le pan du foulard rouge qui passait à sa portée. Avec la prestesse d'un pêcheur de truites, le Croll tira sur le bout libre de la ficelle et la bestiole se trouva hissée presque à la clé de voûte de la cave, avec la savonnette lumineuse, comme une enseigne vivante à la porte d'un horloger météorologue.

On devine quel soulagement, quelle joie, quelle hilarité ce prodigieux tour de passe-passe déclencha dans l'assemblée des femmes. Après les moments de tristesse et d'anxiété qu'elles avaient connus, elles éprouvaient le besoin de crier, de gesticuler, de s'embrasser, de trépigner, d'applaudir. Elles ne savaient pas si elles devaient se féliciter davantage de l'instinct avec lequel le vieux borgne avait redécouvert les procédés ancestraux des maîtres-pêcheurs de grenouilles, ou de la générosité inflexible avec laquelle il avait préservé le grand secret féminin, jalousement gardé dans le pays, de mère en fille, depuis des générations et des générations.

Louana et Cherline ramassaient par terre des poignées de crottins qu'elles faisaient voler à travers la cave. Clara pleurait à gros sanglots, mais cette fois, c'était de bonheur.

*
* *

Quand les femmes furent sorties, emmenant la Clara en triomphe, et que le Croll se retrouva en tête à tête avec l'écrivain, il détacha la grenouille de son perchoir, l'essuya avec son foulard et l'examina avec soin. Elle s'était prodigieusement développée pendant son hivernage et elle présentait, sur la mâchoire supérieure comme sur le vomer, une rangée de dents assez impressionnante. Même sur le maxillaire inférieur, on voyait poindre une couronne d'incisives surnuméraires.

— L'a dû faire du dégât ! dit le Croll pour lui-même, mais en regardant insidieusement Siméon.

Sans attendre ni acquiescement ni dénégation, d'un geste rapide et brutal, il assomma la bête contre son genou et entreprit de lui arracher, une à une, ces petites dents qui l'intéressaient et qu'il rangea dans son tiroir. Après quoi, il lança la grenouille à son âne, qui l'attrapa au vol et l'engloutit joyeusement.

Il revint à Siméon qui, malgré sa pudeur extrême, se prêta à l'examen. Il y avait en effet du dégât : une large plaie en entaille, qui avait presque complètement cisaillé les chairs.

— Voilà bien ces douaniers ! fit le Croll, méprisant. Z'ont dû tirer là-dessus comme des sauvages…

C'était bien vrai qu'ils avaient tiré, fiers et forts de leurs uniformes, de leur règlement, de leur cérémonial ! Siméon, le cœur battant d'anxiété, attendait le verdict. Il tomba comme un couperet.

— On peut pas garder ça, dit enfin l'homme de l'art. Ces parties-là, c'est le régal de Pourriture. On y peut rien, c'est la vie.

Il procéda habilement à l'ablation, cautérisa la plaie, et lança l'appendice à son âne. Celui-ci l'attrapa au vol, l'engloutit joyeusement – mais le revomit aussitôt, avec d'affreux éructements.

Le Croll, envahi soudain d'une profonde lassitude, alla s'étendre, ventre en l'air, sur sa couche de branchages.

— Va falloir encore faire le ménage ! dit-il. Mais on n'en finit pas cette année ! Non, mais qu'est-ce qui se passe ? Que d'événements... que d'événements ! On t'l'avait dit pourtant, petit agneau, on t'l'avait dit... Tu voulais inventer des saisons, du beau temps pour tout le monde... Tu voulais quoi ? Enrichir le monde avec tes monuments, avec tes petits paniers de voyelles et d'consonnes... Et pis quoi encore ?... L'amour au bord des fontaines, des papillons pour les collectionneurs ? Ça s'peut pas, par chez nous... Et je m'suis battu pour toi... Rien à faire... C'est Pourriture qui gagne, et qui fait la loi ! On t'l'avait dit, petit agneau... C'est pas habitable, c'te putain de terre... Laisse-moi dormir.

# V

Vers le trente-cinquième mois du gel bleu, et sans que l'emprise du froid se desserrât pour autant, sur la terre dénudée qui l'attendait, la neige commença de tomber – une neige lourde et drue qui, durant des mois, allait engloutir la vallée tout entière.

La couche en fut bientôt si épaisse que, dans le village, elle recouvrit les maisons. Seule la haute construction du café Ham, qui avait un étage supplémentaire, dressa quelques mois encore la pointe de son toit et sa cheminée au-dessus de la nappe blanche. Les autres demeures avaient disparu. C'est à cette époque généralement que s'effondraient, sous le poids de la neige, les toitures et les étages supérieurs.

Au dégel, lorsque la pluie se remettait à tomber, emportant peu à peu dans ses trombres et ses flaques les amoncellements de neige pourrie, on retrouverait les maisons en partie écroulées, tassées sur leurs fondations, traversées par des fleuves d'eau bourbeuse. On redresserait tant bien que mal les toitures, on étayerait les murs, on se confinerait dans les pièces subsistantes.

En attendant, les habitants demeuraient ensevelis sous la neige, dans le froid humide et l'obscurité. Ils devaient, pour sortir de chez eux, creuser dans la glace des tunnels et des escaliers, des tranchées chaque jour aussitôt recouvertes.

Aussi, pour la plupart, ne sortaient-ils pas. Qu'eussent-ils fait, au reste, à divaguer dans cette étendue blanche et nue, jour et nuit battue par la tourmente ?

Seule Louana, qui ne tenait pas en place, allait et venait dans le village. Elle faisait des visites, colportant, pour se rendre intéressante, des nouvelles qu'elle inventait.

Il fallut, cette année-là, qu'un événement d'une exceptionnelle importance…

*

* *

Louana sortait de chez le Croll. Son visage encapuchonné émergeait de la traboule. Elle entendit un hennissement : « Un cheval en cette saison ? » se dit-elle d'abord. Mais que vit-elle ensuite ? Elle vit surgir du brouillard deux cavaliers noirs dans la plaine blanche. Ils suivaient approximativement l'ancien lit de la Bélière. L'un d'eux aperçut le faîte de la maison Ham et la cheminée qui fumait dans la neige. Il la désigna à son compagnon d'un large geste du bras.

Tous deux firent tourner bride à leurs montures et s'approchèrent du village. Les chevaux allaient puissamment sur la neige dure.

Louana revint, elle aussi, sur ses pas et poussant la porte du Croll, elle siffla vivement entre ses doigts, comme il lui avait appris à le faire « en cas d'événement ». Puis elle courut réveiller sa cousine, qui se dépêcha d'alerter Brouette, qui envoya Schlitte prévenir les sœurs Steppe, et Raurque et Méduse et les Dogde et les Creps, et la femme de Viottre… Ce fut le branle-bas dans les demeures englouties. Du haut en bas du village, çà et là, on vit surgir des pelletées de glace et de neige sur la plaine étale, puis des têtes et des gens qui couraient.

Louana, comme il se doit, arriva la première devant le café Ham, presque en même temps que les cavaliers. Elle fut émerveillée : de sa vie elle ne s'était trouvée devant un aussi beau spectacle.

Il y avait quelque chose de militaire dans leur tenue : les casquettes noires, à visière luisante, la stricte vareuse de laine épaisse, les hautes bottes fines et cirées, serrées juste au-dessous du genou par une lanière souple, passant dans un anneau de métal brillant. Mais les longues écharpes qu'ils portaient autour du cou avaient été visiblement tricotées par des mains de mère ou d'épouse. Ils avaient de beaux visages lisses et clairs, légèrement rosis par le froid, encore humides des flocons de neige, les lèvres minces et les dents blanches, les yeux d'un bleu très pâle, un peu comme le ventre d'une truite.

Les deux jeunes hommes sourirent à la fillette et descendirent de leur monture. C'étaient de superbes étalons arabes, le pelage et la crinière entièrement noirs. Ils secouaient vivement la tête et frissonnaient de la croupe aux oreilles. Sans doute arrivaient-ils de loin, car leur robe était toute fumante. Une haleine épaisse s'échappait de leurs naseaux, que le froid changeait en nuages de givre scintillant.

Du faîtage du toit, saillait une longue cheville. Les cavaliers y attachèrent promptement les rênes de leurs chevaux, puis leur ayant au passage flatté l'encolure, ils descendirent l'un derrière l'autre dans la rimaye étroite qui bordait les murs de la maison et au flanc de laquelle les douaniers avaient taillé des marches rudimentaires.

Louana, fascinée, leur emboîta le pas, non sans avoir à son tour caressé un moment, à mains nues, le poitrail luisant des deux bêtes.

Il faisait bon dans la salle du Café communal et les deux douaniers, quelque peu débraillés, comme à l'accoutumée se chauffaient les pieds dans le four de la cuisinière, tandis que la grosse veuve, une écuelle sur les genoux, écrasait des lentilles dans de l'eau tiède.

En voyant entrer les deux hommes, elle parut un moment frappée de stupeur et d'incrédulité. Elle se leva brusquement, renversant sur le sol son écuelle et ses lentilles. Les deux douaniers se levèrent également et rectifièrent la tenue, comme surpris en faute par des supérieurs hiérarchiques, quelques *inspecteurs* d'un grade particulièrement élevé. Mais eux, très à l'aise, leur souriaient sans paraître les voir.

Ils traversèrent la salle, s'assirent face à face à l'une des petites tables et enlevèrent leurs casquettes : ils étaient blonds. De lourdes mèches de cheveux blonds auréolaient leurs visages lisses. Mme Ham semblait bouleversée. Elle se précipita vers la table qu'elle se mit à essuyer vigoureusement, quoique très maladroitement, avec un pan de sa robe. Puis elle courut derrière son fourneau ramasser des verres, qu'elle essuya, toujours avec le pan de sa robe. Elle leur servit deux rasades d'alcool – du meilleur – et laissa la carafe devant eux sur la table. Jamais on ne l'avait vue ainsi.

Pendant ce temps les villageois, prévenus les uns par les autres de l'événement, commençaient à arriver. Une telle foule au café Ham, pendant l'hiver blanc, cela non plus ne s'était jamais vu,

Ils s'étaient groupés en demi-cercle, à une distance respectueuse, autour de la petite table, et muets d'admiration, ils contemplaient cette merveille surgie de la tempête : deux jeunes hommes aux cheveux blonds, aux yeux bleutés comme un reflet de truite, qui buvaient leur alcool en devisant.

Sans doute, dans la vallée, savait-on qu'il existait de par le monde, des hommes blonds et des yeux bleus. Mais cette blondeur-là, ces longues mèches lourdes et légères à la fois, mais ces yeux-là, cette lumière douce et lointaine, jamais on n'avait rien imaginé de semblable. Et ce teint, rose et frais, ces lèvres fines, le sourire de ces dents toutes blanches… Qui étaient-ils ?

Ils parlaient entre eux, à voix basse, une langue étrangère, aux accents chantants, que personne ne comprenait. Siméon peut-être ? Puisqu'il était savant, puisqu'il avait voyagé ? Leur avait-il assez vanté le pouvoir des mots et des phrases ! On l'envoya chercher. Louana et Cherline refirent l'escalade, mais quand il arriva, mal réveillé, hirsute, plus laid, plus sale qu'il ne l'avait jamais été, quand il arriva en boitant sur son petit sabot, dans ses vêtements en loques, dissimulant mal la plaie de sa main pourrie qui avait pris des proportions abominables, on compris vite qu'il ne serait d'aucun secours.

Siméon tendait l'oreille, plissant un peu les yeux comme font les sourds. Il restait sourd en effet au langage joyeux et coloré des deux hommes. Les étrangers ne l'avaient même pas regardé ! Les villageois qui l'avaient laissé s'avancer au premier rang de l'assistance, le repoussèrent sans ménagement en arrière. Et pourquoi l'auraient-ils ménagé ? Ils savaient bien maintenant, ils venaient de comprendre qu'ils ne pouvaient plus rien espérer de Siméon : il était devenu un des leurs.

Bientôt les jeunes hommes se défirent de leurs vareuses. Cela fit sensation. Ils portaient en effet, par-dessous les strictes vestes noires à col ras, d'aspect quelque peu militaire, de gros pull-overs de laine claire, l'un d'un jaune vieil or, avec de grosses côtes torsadées, l'autre bleu lavande à double maille glissée et encolure ronde. Il était manifeste que ces tricots tout comme les écharpes avaient été faits à la maison par des mains amoureuses et que les deux hommes n'étaient points soldats.

Pour le coup, rassuré, le brigadier Aoste se risqua à les interroger :

— Or çà, fit-il curieusement, comme si pour s'adresser à des étrangers il se devait d'employer des tournures étranges, vous venez donc... d'ailleurs ?

— Mais oui, répondit l'un d'eux, fort courtoisement. Et il ajouta, dans la langue du pays qu'il parlait parfaitement, quoique avec une légère accentuation des voyelles :

— Nous sommes venus par la montagne. Par le col.

À peine les villageois furent-ils revenus de leur surprise que l'autre jeune homme, comme pour devancer la question suivante qu'il pouvait bien attendre de la part d'un douanier en uniforme, rejetant le corps en arrière, mit la main dans la poche de sa vareuse, qu'il avait suspendue au dossier de sa chaise, et fit couler doucement sur la table, dans le grand silence des montagnards, une poignée de graines.

Elles rebondirent en tous sens, avec un bruit de petite grêle contre une vitre, et se répandirent en corps d'armée sur la table. Elles avaient des formes longues et heureuses, une blancheur transparente. Cela n'avait rien de végétal, rien de commun avec les lentilles plates et noires qu'on récoltait dans la vallée. On aurait dit de toutes petites dents. Les villageois restaient muets d'émerveillement. L'œil rouge du Croll brillait de convoitise.

— C'est du riz, dit enfin le jeune homme. Vous avez sûrement par chez vous, des jeux d'échecs ou de dames ? des tablettes quadrillées de noir et blanc ? Si vous mettez un grain de ce riz sur la première case, deux sur la seconde, quatre sur la suivante et ainsi de suite, en doublant toujours, vous obtenez des tas immenses, des montagnes de grains et de sacs, de quoi remplir tous les greniers de l'Inde ou de la Chine… Videz donc un verre avec nous, fit-il pour conclure, avec un geste large et généreux qui semblait caresser l'air au-dessus de la table.

Mme Ham se précipita. Elle qui était d'habitude si avare de ses verres, qui n'en prêtait, au mieux, qu'un seul pour cinq ou six clients, elle en découvrait soudain dans tous les coins de la salle : derrière le fourneau, sous ses torchons, dans les écuelles. Il y en eut vraiment presque pour tous, dépareillés il est vrai, et des formes les plus étranges. Mais les carafes circulaient largement. L'ambiance était détendue, heureuse, presque exaltante. Seul Siméon, qui ne buvait pas, et qui souffrait atrocement de ses diverses blessures et mutilations, restait renfrogné, près de la cuisinière, sans participer à la fête imprévue.

Dans la courtoisie, dans la générosité de leurs hôtes, les villageois virent une invite à la conversation. Chacun s'enhardit, et bientôt on les pressa de questions, auxquelles ils se prêtaient de bonne grâce. Dans un langage très simple, mais avec un constant bonheur d'expression, ils se relayèrent pour chanter les louanges de leurs petites graminées. Ils racontèrent, comme autant d'histoires merveilleuses, les mille et une façons de cuire le riz : à l'indienne, à la créole, à l'étouffée... ; les mille et une façons de l'accommoder et les formes heureuses qu'il pouvait prendre, en boulettes, en timbale, en couronne... Ils s'étendirent sur les jambalayas :

— Vous faites revenir le lard, coupé en dés, dans une poêle, avec des oignons émincés. Vous faites dorer dans la graisse un bon morceau de porc. Mouillez avec le bouillon bouillant, laissez bouillir. N'oubliez pas le bouquet.

— Ou bien vous jetez un crabe vivant dans le court-bouillon, vous retirez les chairs de la carapace, vous les hachez finement, et pendant que, dans la poêle, vous laissez roussir les oignons...

— Mais, Monsieur, on n'a rien de tout ça... fit une voix chargée d'une immense tristesse.

Jamais dans la vallée on n'avait évoqué de telles délices, jamais on n'avait ressenti d'aussi près le dénuement.

— Nous avons bien d'autres choses encore. Tenez, pour les enfants...

Du même geste très doux, très câlin, les deux hommes attirèrent à eux les fillettes, l'un Cherline et l'autre Louana, qui rosirent de fierté et de plaisir...

— Il y avait autrefois, chez nous, des impératrices, qui portaient sur la tête des couronnes en or, toutes serties de diamants. En souvenir de ces belles dames, on a inventé le riz-impératrice. Avec une crème aux œufs, on dore la blanche couronne du riz. Et l'on pique dessus des pierres précieuses en fruits confits – confits, oui, dans leur sucre : des cerises pour les rubis, des mirabelles pour les topazes, et de vertes tiges d'angélique, coupées en losanges, qui figurent les émeraudes. On peut arroser le tout avec de la gelée de groseille…

C'en était trop. Cela devenait intenable. Et pourtant on ne se lassait pas d'interroger, d'interroger encore :

— Et les distractions ? demanda la veuve Ham, bouleversée. Est-ce que vous avez des distractions ?

— Et l'alcool ? Est-ce que vous faites de l'alcool ?

Les étrangers embrassèrent les fillettes.

Sûr qu'on faisait de l'alcool dans leur pays. Toutes sortes d'alcool. L'alcool de riz est comme une eau limpide. On le boit dans de toutes petites tasses sans anse, qu'on fait tiédir. Il réchauffe en hiver, et l'été rafraîchit. Il fait naître des rêves de lacs et de cascades. Et du pain ? Sûr qu'on en faisait, du pain, du pain blanc, tout rond, léger comme un nuage…

Il leur fallut bientôt expliquer la culture :

— Chez nous, au printemps…

— Il y a donc un printemps chez vous ?

C'est Siméon qui avait parlé. On se retourna vers lui. Il semblait suspendu à sa question, comme à un fil de vie et de mort.

— Il y a un printemps immense… Il dure presque toute l'année. Au printemps, on va repiquer le riz dans les rizières. Il faut entrer dans l'eau à mi-cuisses. Les filles retroussent leurs jupes jusqu'à la ceinture. Elles portent de petits pantalons blancs, jaunes, rouges, mouillés comme des drapeaux sous la pluie. L'eau est douce et tapissée d'herbe.

— Tapissée d'herbe… répéta Siméon.

— Le travail est assez dur, c'est vrai. Mais chez nous, vous savez, le riz est à tout le monde, et le pain, et l'eau et le soleil aussi. Il n'y a pas de pauvres. On met de grands chapeaux. On travaille en chantant. Ecoutez.

Les deux garçons se levèrent. Ils se tinrent un moment debout devant la table, épaule contre épaule. Puis l'un d'eux – celui qui portait le pull-over à torsades, qui était peut-être l'aîné – traça rapidement dans l'air une sorte de petite croix, en hochant la tête. Et ils chantèrent.

L'un avait pris assez haut, sur un ton léger, suivant une mélodie aérienne ; l'autre chantait sur un timbre plus grave et ses phrases semblaient descendre en dessous de la chanson. Mais c'était comme si elles descendaient à la rencontre de la mélodie. Les deux voix s'accordaient à merveille : elles composaient *une harmonie*. Les villageois n'avaient jamais rien entendu de pareil. Ils recevaient la musique en silence, comme la neige reçoit la neige :

> Grain de riz, grain d'amour
> Un grain pour le Roi, deux grains pour la Tour
> Le fou et le cavalier

En auront plein leurs souliers
Si la Reine est en peine
On remplira ses greniers
Si son cœur est en peine
Il faudra la marier
Il faudra la marier…

Ce fut si beau que personne n'applaudit. Les deux étrangers remirent leurs vareuses, leurs casquettes, ils renouèrent leurs écharpes et sortirent en souriant.

À l'exception de Siméon, qui demeurait prostré, et de la grosse Ham, chacun voulut leur faire escorte, et l'on refit, derrière eux, l'escalade. Tandis qu'ils détachaient les rênes et enfourchaient prestement leurs chevaux noirs, les villageois, soudain libérés et ressentant à leur départ une sorte de panique, les harcelèrent à nouveau de questions : Où allaient-ils ? Comment s'appelaient-ils ? Reviendraient-ils jamais ? Et leurs chevaux, d'où provenaient-ils ? Et leurs bottes luisantes, si fines, où s'en procurait-on de semblables ? Et cet anneau d'argent qui retenait la lanière, juste au-dessous du genou ? Et ces éperons à molette ?

Ce fut la dernière question, lancée par le Croll, éperdu. Les cavaliers ne voulaient plus rien entendre. Ils saluèrent seulement de la main le petit groupe hirsute et désemparé des montagnards, qui trépignaient sur la neige. Ils poussèrent leurs montures et s'en furent au petit trot. On les vit rejoindre, à travers les champs sur la neige, l'ancien lit de la Bélière, puis ils disparurent dans la tourmente.

*

* *

Le passage des cavaliers avait laissé dans les esprits une poussière d'images fulgurantes.

Lorsque les villageois eurent regagné leurs demeures, pour y achever, dans le sommeil, leur long hivernage, ils n'étaient plus tout à fait les mêmes. Plus d'un, au cours de la saison blanche, se surprit à rêver en secret du pays merveilleux de derrière la montagne, où les mères tricotent pour leurs fils des écharpes blondes aux yeux bleus, où l'on chante à deux voix des comptines, en récoltant des graines miraculeuses qui se multiplient toutes seules par soixante-quatre jusqu'à la Chine, et que des filles en culottes rouges pèsent au printemps, avec des chapeaux de paille, sur de grands échiquiers ; un pays où poussent sous le soleil des crabes vivants et des étalons noirs chaussés de hautes bottes, où des petites filles dansent le jambalaya, en croquant des diamants à la crème…

Même Louana ne sortait plus. Elle n'avait plus le goût d'inventer des messages. Et quant à Siméon, reclus, perclus, honteux, sa décision était prise : dès que les conditions atmosphériques le permettraient, il partirait, il passerait le col.

# TROISIÈME PARTIE

# I

Une sorte de dégel insolite et précoce surprit les villageois au milieu de leur hivernage. Sans rémission, la neige glacée tourna en pluie, et des trombes d'eau s'abattirent sur la vallée. En quelques semaines, la nappe blanche qui avait englouti le village commença à s'affaisser, libérant les maisons. On entendit bientôt le bruit familier des grosses gouttes s'écrasant sur les tôles des toits.

Siméon, devant sa porte, observait le tassement régulier des murailles de glace qui, durant des mois, avaient enserré sa demeure. Barreau après barreau, il vit émerger son échelle qui avait bien résisté au froid. Enfin, il ne resta plus sur le sol qu'une mince couche de glace transparente et recouverte d'eau.

Il avait faim. Il descendit.

— Je ferai mes bagages plus tard, pensa-t-il, bien décidé qu'il était à partir au plus vite.

En entrant dans la salle du café, que l'eau envahissait de toutes parts, il fut frappé par une odeur particulièrement nauséabonde. Le feu était éteint.

Un grave désordre d'écuelles renversées et de lentilles moisies régnait autour de la cuisinière. Le lit n'était pas fait. Où donc avait pu passer Mme Ham qui pourtant, dépuis son veuvage, n'était jamais sortie de chez elle, tant pour des raisons idéologiques qu'à cause de son éléphantiasis ?

— C'est contrariant, se dit Siméon qui comptait bien que la veuve allait lui servir sa ration de potée.

Déjà il commençait à fouiller dans la panoplie d'écuelles qui traînaient par terre, résolu à choisir les lentilles les moins gâtées pour se faire à manger *lui-même*, quand il aperçut, coincé entre le lit et le mur ruisselant d'eau, le pharamineux corset de la veuve. Que faisait-il dans ce recoin, absurde et rigide ? Et pourquoi la veuve était-elle sortie sans sa carapace ?

Siméon, intrigué, s'approcha et vit avec stupeur *qu'elle était dedans*, la tête rejetée en arrière, les yeux hagards, morte, et les chairs recouvertes déjà par une moisissure blanche.

— Voilà bien ma chance ! fit-il, furieux.

De sa main valide, il essaya de tirer le corps de la veuve, par un bras qui pendait dans la ruelle : le bras lui resta dans la main. Il le jeta derrière lui et entreprit, au mieux de ses forces, de déplacer le lit vers le milieu de la pièce. Il y parvint. L'énorme cadavre s'écroula sur le sol, mais avec un bruit qui retint l'attention de Siméon : un cliquetis métallique et quasi argentin. Il fit le tour du lit et vit que le corset s'était ouvert en deux comme une cuirasse délacée. Mais quelle ne fut pas sa surprise de constater que l'intérieur en était entièrement bardé de cuillères, de fourchettes et de couteaux. C'était un véritable argentier que la veuve avait porté, sa vie durant, autour du ventre. Il y avait bien là soixante-douze pièces de couverts en vermeil, richement ciselées. Une fortune ! Avec les services à poisson et jusqu'aux fourchettes à melon !

— La salope ! fit Siméon quand il fut revenu de sa surprise. Quand je pense qu'elle me faisait manger avec une cuillère d'excursion !

L'indignation lui enlevait toute pitié. Il avait envie de piétiner cette argenterie avec son petit sabot. Il se contint et sortit pour demander des secours.

Justement, les deux douaniers remontaient le chemin du village, traînant derrière eux, par les pans d'un vaste bourras, les cadavres emmêlés de leur vache et de son veau, celui que le Croll avait sacré, dans un moment d'exaltation, « Sa Majesté Pourriture ». La puanteur des charognes, envahies par une innombrable vermine, était à peine supportable.

— Eh ! Brigadier ! cria Siméon. Venez vite ! La veuve Ham est morte !

Les deux hommes, lâchant leur fardeau, marchèrent vers lui furieusement. Ils étaient prêts à le rouer de coups.

— Vous donnez des ordres, vous, maintenant ! hurla le brigadier. Un boiteux ! Un manchot ! Un étranger ! Vous voulez commander à la Brigade ! Nom de Dieu !

— Vous pouvez bien la tirer vous-même, cette

pauvre Mme Ham, dit l'autre. Vous avez bien assez vécu à ses crochets. Ça serait le moins !

— Vous croyez qu'on n'a pas assez à faire, avec toute cette viande qui pourrit de partout, renchérit le Brigadier. C'est le dégel ! Vous ne comprenez pas ça ! Alors, remuez-vous, au lieu de rester là, à donner des ordres !

Ils rudoyèrent quelque peu encore le pauvre Siméon déconcerté. Escladoss, sournoisement, lui marcha sur son pied valide, avec sa bottine, et Siméon ne douta pas qu'il l'eut fait *exprès*. Puis ils reprirent, chacun par un coin du sac, leur horrible cargaison.

Ils montaient péniblement, sous la pluie torrentielle, vers la Croix de Sépia, où de toutes parts affluaient les villageois, traînant des cadavres de bêtes ou de gens, plus ou moins décomposés.

Accroupie à sa place de prédilection au centre de la croix, Louana regardait s'amonceler à ses pieds ces amas de chairs hideuses, grouillant de pourriture, rançon payée avec une résignation hargneuse aux intempéries saisonnières.

La cadette des sœurs Steppe, la Greuze, vint elle-même apporter dans ses bras un sac de toile grossière, qui contenait son dernier-né. Quoique bien protégé par un jeune putois, il n'avait pas survécu à la période du gel bleu.

— C'était bien la peine de faire tout ce cirque pour mes couches ! dit-elle en passant devant le Croll qui, pour le coup, n'y pouvait plus rien et célébrait le dégel à sa façon, en vidant des bidons entiers d'alcool de lentilles. Il était complètement ivre, il allait de maison en maison, en titubant, à travers le village, donnant çà et là un coup de main, pour sortir les cadavres.

— Je n'en puis plus, je n'en puis plus ! se répétait Siméon devant cette horrible mascarade.

Il redoutait à chaque détour de voir apparaître Clara Dogde, traînée par les pieds sur la glace fondante, les bras rejetés en arrière, comme il avait vu traînée autrefois sa sœur Enina dans le désert.

Tout recommençait, c'était presque pire. Et il n'osait pas se demander si sa vieille voisine avait « repris » au dégel, comme on assurait que cela s'était produit jusqu'alors, ou si, au contraire, elle avait commencé, elle aussi, de pourrir. Siméon n'avait pas oublié avec quelle munificence elle lui avait offert un œuf vivant lors de son arrivée dans le pays. Car cet œuf, il était en droit de le penser maintenant, était sans doute sa seule chance de survie, et il l'avait gaspillé en de vaines espérances. Il savait que nulle éclosion heureuse ne sortirait jamais de cette vermine.

Fuyant l'agitation déprimante du village, Siméon retourna dans sa chambre et fit rapidement ses bagages. Il déchira rageusement les feuilles écrites de son journal, et enfouit dans son sac de voyage tout ce qui lui restait de papier blanc et de crayons. Seule la première page de ce qui aurait dû être son livre restait sur le parquet : *Alleluia ! Eleison !*

Il la fit voler d'un coup de son petit sabot.

Par-dessus sa gabardine, il endossa son havresac ;

il prit son alpenstock et sortit. Il avait en lui-même décidé de n'informer personne – pas même le Croll, pas même Louana – du jour de son départ, et d'échapper ainsi à de stériles adieux.

Mais lorsqu'il arriva en bas de son échelle, pour témoigner publiquement de sa migration définitive, de sa main valide il tira en arrière la lourde échelle coulissante qui s'écroula sur le sol, dans un superbe éclaboussement. Ainsi le sort en était jeté : infirme comme il l'était devenu, jamais, même animé des plus puissantes résolutions, il le savait, il ne parviendrait à la redresser, pour regagner son gîte.

Il se mit donc en route en claudiquant, tenant comme en bandoulière, sur le cœur, sa main infectée qui avait pris l'apparence et les dimensions d'une large feuille de cactus pourrie.

Il n'alla pas loin. À peine eut-il tourné le coin de la maison Ham, qu'il tomba à nouveau sur les douaniers. Avaient-ils eu vent de son départ ? Cherchaient-ils une nouvelle querelle ? Arrêtés au milieu du chemin, les bras croisés, ils laissèrent Siméon s'approcher jusqu'à eux, en le regardant d'un air narquois :

— Ah ! Ah ! fit le premier, on voulait tenter la belle ?

— On joue les filles de l'air ? fit l'autre, sur un ton réellement haïssable.

Siméon voulut le prendre de haut et passer outre, sans répondre à l'injustifiable insulte. Mais les représentants de l'ordre, qui n'aimaient guère, comme cela est naturel, voir bafouer leur autorité, se saisirent brutalement de lui et, comme un malfaiteur, le ramenèrent de force vers la salle du café Ham.

Siméon enrageait, des larmes d'impuissance lui montaient aux yeux.

— Je me plaindrai ! Je me plaindrai ! disait-il seulement d'une voix geignarde.

Il y avait beaucoup de monde devant le cadavre écroulé de la « Cinq tonnes », que personne encore ne s'était décidé à sortir. Mais on avait étalé sur le lit le corset grand ouvert et l'on commençait à se disputer âprement autour de ces soixante-douze pièces de vermeil. Les uns proposaient qu'on les partageât équitablement entre tous les survivants ; d'autres estimaient que ce trésor devait rester communal et indivis ; le Croll, quant à lui, démontrait que tout devait lui revenir, vu qu'il était le seul, au pays, à avoir l'usage de ces ustensiles.

— Et qu'est-ce que vous en feriez, vous autres, avec des fourchettes à melon ? plaidait-il. C'est un comble ! Vous en seriez tout juste foutus de vous en curer les oreilles !

L'entrée brutale de Siméon, malmené par les hommes des douanes, mit fin à la discussion.

— Il s'enfuyait ! annonça le brigadier Aoste, en poussant le délinquant au milieu des villageois.

— Qu'il aille au diable, avec ses paperasses ! fit quelqu'un. On en a rien à foutre !

— Il nous a menti et trompés, dit un autre. Il a rien changé à rien. Qu'il aille au diable !

Clara s'était tournée contre le mur. Elle ne voulait

plus le voir. Il lui faisait honte et horreur. Le Croll était las de plaider pour un personnage décidément impopulaire et qui avait, en fin de compte, largement abusé de ses soins. Il l'avait pris en affection et l'avait toujours soigné de bon cœur. Mais il n'aimait pas, il le lui avait dit, « la science à sens unique ». Il était blessé qu'il fût parti sans rien lui dire, sans adieu ni merci.

Le silence tomba.

Siméon attendit un instant, puis se retourna sans regarder personne et marcha vers la sortie. Il était libre. Sauvé peut-être ? Mais un démon qui l'habitait – qui habite sans doute au cœur de chaque homme mais qui, chez lui, prenait la forme d'un vieux bélier, obstiné, rageur – fit qu'il s'arrêta sur le seuil de la porte et que, se retournant une dernière fois vers les villageois, ses hôtes, il leur parla une dernière fois, en regardant chacun d'eux avec un regard pathétique :

— Ce n'est pas au diable que j'irai, dit-il. Vous le savez. Vous pouvez bien rester à vous disputer des fourchettes à melon, à vous « accommoder » de cent façons, comme disait feu la veuve Ham. Moi, je ne veux pas croupir avec vous dans cette pourriture. Quand un monde est inhabitable, on le change, ou on en change. Adieu ! Il me reste une main pour écrire, un pied pour marcher. J'irai enrichir un autre monde puisque je sais maintenant qu'un autre monde existe. N'avez-vous pas entendu comme moi ces étrangers ? Ils nous l'on dit. Chez eux, il n'y a plus de pauvres, le soleil est à tout le monde, les rivières sont tapissées d'algues et le printemps est immense... Je passerai le col, je découvrirai d'autres saisons. Et je serai récompensé. Oui, car permettez-moi de l'affirmer encore, pour tout ce que j'ai enduré ici et ailleurs, je mérite récompense. Et je garde, excusez-moi, en dépit de tout, une espérance dont vous n'avez pas idée.

Il n'y eut ni délibération ni conseil – et plus tard, beaucoup plus tard, on s'étonna qu'une décision de cette importance eût pu être prise ainsi, presque sur un coup de tête, dans l'exaltation d'une ivresse collective. Sur le moment, ce fut comme si la folle espérance de Siméon, subitement, avait embrasé tous les cœurs : on partait... on partait avec lui.

Depuis le passage des cavaliers, chacun portait en soi une folie d'images heureuses, plus précieuses que la vie et qui rendait cette vie même intenable. Sous les paroles brûlantes de Siméon, toutes ces images explosèrent. La tentation était trop forte. On ne supporterait pas qu'il fût seul, lui, l'étranger, le plus pourri maintenant d'entre eux tous, à trouver le chemin des rizières : on partait !

Sous la pluie démentielle qui continuait à s'abattre sur le village, ce fut une brusque et violente panique. Chacun courut chez soi, annoncer la nouvelle, rassembler quelques hardes, quelques poignées de lentilles, avant de se mettre en route. Mais chacun s'aperçut qu'il ne tenait à rien et qu'on n'emportait pas avec soi son dénuement ni sa misère.

— Si on se vengeait tout de même, avant de

partir ? proposa la Greuze, que les circonstances révélaient peu à peu un fier leader.

On chercha quelle vengeance, dans le village déserté, serait encore assez publique : on pensa au pluviomètre. On se rendit en hâte vers le replat de San-Creps, où l'appareil hydrométrique émergeait sur ses trois pieds, dans le champ de neige fondante. Il était plein. Il ruisselait d'eau sous la pluie. On se rua sur lui, on le renversa dans la boue neigeuse, comme une bête malfaisante, responsable de tous les maux. Certains villageois et les deux douaniers qui s'étaient munis de bâtons pour le voyage, le rouèrent de coups. On le piétina, on en brisa les pieds, on en défonça la cuve.

Siméon, qui avait décidé d'attendre les montagnards et de faire, au moins jusqu'au col, le chemin avec eux, suivit cette scène de carnage d'un œil désapprobateur. Mais il renonça à s'interposer.

Enfin la caravane se mit en route. Tout le pays partait, sans un regret, sans un remords. Jamais on ne vit dans l'Histoire l'exemple d'un si confiant exode.

*

* *

D'aucuns avaient proposé de longer l'ancien lit de la Bélière par où semblaient être arrivés les cavaliers. Mais on devait retraverser une dernière fois le village, pour presser, au passage, les retardataires.

Le nombre des maisons écroulées s'était considérablement accru au cours de l'hiver. Une pénétrante odeur de charogne se dégageait déjà de la plupart d'entre elles. Même une aile de la maison des sœurs Steppe, qui était pourtant de bonnes pierres, même le grenier des Dogde qui était solidement charpenté, s'étaient écroulés sur les étages. Siméon ne put s'empêcher de penser que c'est du haut de ce grenier, le soir de son arrivée, voici des mois et des mois, que Walter lui avait lancé dans les pieds ce crâne de mouton blanchi qui avait été à l'origine de ses misères. S'il était arrivé au pays une saison plus tard, ou si le grenier s'était effondré une saison auparavant... Mais Siméon n'avait pas envie de refaire l'histoire du monde, ni même sa propre histoire. Il ne voulait que s'enfuir au plus vite, comme il s'était toujours enfui ; il voulait seulement survivre, comme il avait toujours survécu.

Le Croll était assis le long du chemin, sur un mur écroulé, à la hauteur de sa venelle. Il avait mis son chapeau. De son œil rouge, il regardait s'approcher la caravane des villageois, menée à petits pas par Siméon. Sur les genoux, il tenait une gamelle de fer-blanc, d'un modèle militaire, et avec une des cuillères en vermeil prise dans le service de la veuve défunte – personne ne se souciait plus maintenant de lui disputer le trésor – il mangeait tranquillement, sous son chapeau, une poudre blanche, très légère, qui lui saupoudrait la barbe jusqu'aux yeux.

— Te bute pas, papa Croll, lui dit en passant

l'unijambiste Raurque, qui lui avait pardonné son dernier affront et qui s'attristait de perdre un vieux camarade, un frère. Ça sera mieux là-bas. Viens, on va se refaire une vie. Tu verras ce matériel qu'ils ont de l'autre côté… Avec des mécaniques…

Le Croll ne lui répondit pas un mot, ne lui adressa pas un regard. Il continuait à absorber placidement des cuillerées de sa poudre blanche. De temps à autre, il prenait une pleine gorgée d'alcool, à même son bidon.

Le vieux Raurque n'insista pas. Il pressa le pas de son mieux et rejoignit le gros de la troupe arrêtée devant la Croix de Sépia.

Louana demeurait perchée, depuis le matin, au centre du monument, dans sa position favorite, le menton sur un genou et les mains serrées en bracelet autour de la cheville. Elle était protégée par l'amoncellement d'immondices et de charognes qu'on avait déchargées autour de son perchoir – et que personne ne voulait se risquer à escalader pour la déloger. Sa mère, la Brigde, trépignait et pleurait de rage devant l'obstination imbécile de sa gamine ; depuis plusieurs heures, elle lui chantait monts et merveilles de la vallée des rizières et tentait de la convaincre.

— Tu auras du gâteau là-bas, comme les impératrices… Je t'achèterai des petites culottes rouges, bleues, violettes si tu veux… avec des fronces.

Rien n'y faisait. Pour se passer les nerfs, la Brigde pinçait au sang sa nièce Cherline, dont les bras blancs étaient devenus bleus, et qui piaillait de douleur.

— Je suis bien ici, dit seulement Louana. Et zut ! et crotte ! et merde !

On allait partir. La matinée était bien avancée et il était important de sortir de la haute vallée avant la nuit. Déjà les plus impatients, Siméon en tête, Clara et Walter, qui marchaient enlacés comme au jour de leurs noces, les sœurs Steppe, avec leur chèvre, avaient pris les devants.

C'est alors qu'on entendit en contrebas, dans le village, une formidable explosion. Le Croll, bourré jusqu'à la gorge de poudre à fusil et d'alcool, venait d'avaler une touffe d'étoupe enflammée.

Raurque, Viottre et plusieurs hommes redescendirent en hâte – aussi vite du moins que leur permettaient leurs infirmités respectives.

Sur les murs écroulés où quelques instants auparavant ils avaient vu leur vieux camarade, un des plus authentiques enfants du pays, il ne restait plus rien. Seules quelques flaques de sang et d'humeurs diverses avaient éclaboussé les pierres ; des lambeaux d'étoffes et des résidus d'organes étaient collés sur les murs des maisons voisines. La gamelle militaire, éventrée, avait volé comme un obus, par-dessus les toits, à l'autre bout du village. Elle y est encore.

À ceux qui viendraient à la trouver un jour et qui voudraient mieux comprendre le geste du vieux borgne, je recommande de bien examiner le dessin grossièrement gravé au couteau sur la face externe de cette gamelle : il représente la tête d'un gros bélier à cornes, barrée d'une large croix tréflée.

Les hommes s'éloignèrent sans prononcer une parole. Ils avaient toutes les raisons de quitter à jamais cette vallée maudite, sur qui allait tomber pendant des mois, sans rémission, une pluie diluvienne.

Seule sur son monument demeurait Louana, veillant sur le village désert et empuanti, son étrange petit visage éclairé d'un sourire hiératique.

## II

Trois jours durant, on marcha sous la pluie. On suivait approximativement l'ancien lit de la Bélière qui s'enfonçait dans une gorge étroite, ravinée par les eaux. Sur le terrain sableux, il avait dû pousser autrefois des conifères, car on voyait encore, de place en place, de grosses racines courir à nu sur le sol, enserrant parfois dans leurs tentacules, un rocher, comme une proie. Nulle autre végétation ne venait plus dans ces rocailles détrempées.

Les douaniers étaient partis en uniforme : le passage de la frontière, pensaient-ils, en serait facilité. Avec leurs bâtons ferrés et leurs bottines réglementaires, ils étaient considérablement mieux équipés que le reste des villageois qui, mal chaussés pour la plupart, misérablement vêtus, peinaient sur la sente boueuse. À plus d'une reprise, ils avaient éprouvé la tentation de forcer l'allure et de lâcher le gros de la troupe. Mais le brigadier avait calculé que son prestige serait certainement accru s'il parvenait dans l'autre pays avec un contingent d'émigrants assez important. Il ne doutait pas qu'on lui donnerait, là-bas, de l'avancement. Peut-être le commandement d'une rizière : « Ah ! Ah ! se disait-il méchamment, elles vont déchanter avec moi les repiqueuses ! Ces salopes qui montrent leurs culs ! » Escladoss, lui, ne pensait à rien. Il était dépourvu d'imagination et suivait simplement son chef. Les deux hommes s'efforçaient de presser le mouvement et de faire respecter un horaire de marche.

Sur un replat, puis un autre, on avait découvert des habitations abandonnées : des chalets rudimentaires, complètement effondrés, submergés par des fleuves de boue et de gravats – images de ce que serait sans doute, dans quelques saisons, le village déserté. Aussi, ces images désolantes, loin de désoler les villageois, les confirmaient dans leur volonté de fuir, les emplissaient d'espoir et leur donnaient la force de cheminer.

On avait fait halte, les deux premières nuits, autour de ces masures à l'abandon, car les plus vieux, les plus infirmes, réclamaient en fin de journée un peu de repos. On s'était abrité sous des toitures écroulées, on avait distribué quelques poignées de lentilles crues, quelques gorgées d'alcool noir pour soutenir les forces.

Quand on repartait, peu avant l'aube, on voyait arriver le vieux Raurque, qui avait cheminé tant bien que mal toute la nuit loin derrière les autres et qui continuait sur sa lancée, sans prendre même le temps de souffler, tant il craignait qu'on le perdît.

C'étaient les bêtes, en fin de compte, qui résistaient le moins bien. Les sœurs Steppe avaient tenu à emmener leur chèvre – « pour quoi faire grand dieu ? comme si on allait manquer de rien là-bas ! » – L'âne du Croll s'était joint de lui-même au cortège ; il titubait de fatigue. Certaines femmes, précautionneuses, avaient gardé leurs fourrures d'hivernage, mais comme les rongeurs étaient sortis de leur engourdissement saisonnier, ils devenaient difficilement supportables.

Le chemin montait toujours le long de la gorge sauvage et les lacets se faisaient plus serrés. Malgré la pluie qui ne cessait pas de tomber, le froid devenait assez vif. Le vent s'était levé et jetait ses bourrasques au visage des grimpeurs.

On ne voyait plus courir sur le sol la moindre racine. Pour toute végétation, il n'y avait, dans ces déserts, que des aiguilles rocheuses, aux formes inquiétantes, découpées par l'érosion et qu'on appelle, par dérision, je pense, des *demoiselles*.

Au soir du troisième jour, les émigrants atteignirent le verrou glaciaire. La haute muraille de roc, qui barrait l'extrême fond de la vallée, ruisselait d'eau par tous ses couloirs. De véritables cascades s'écrasaient à ses pieds sur les pierres, et sous la violence de la chute, les gerbes d'eau se changeaient en nuages de fine vapeur que le vent répandait alentour. La muraille entière semblait fumer comme la porte d'un temple.

Quelques-uns néanmoins, tant leur impatience

était grande, auraient voulu tenter aussitôt l'escalade, afin de gagner sur le lendemain plusieurs heures de marche ; mais la plupart s'écroulèrent de fatigue devant l'obstacle, trop fatigués même pour songer à chercher un abri. On en resta là.

Siméon passa une mauvaise nuit. La plaie noire de sa main se développait encore. Le moindre contact avivait ses douleurs. Le sabot de son pied, conçu pour gravir les barreaux d'une échelle, était en vérité peu préhensile. Il se demandait avec inquiétude comment le lendemain, pour franchir la muraille, il allait pouvoir pratiquer la varappe. Et il se demandait aussi, avec une angoisse plus profonde, comment les cavaliers parvenus dans la vallée avaient pu passer ce verrou, en pleine saison de neige, par la tempête et avec leurs montures. Mais il n'osait faire part de ses incertitudes, de crainte de démoraliser ses compagnons de voyage. Depuis le départ du village, il ne parlait plus à personne.

L'escalade s'avéra plus pénible et plus meurtrière que les plus pessimistes ne l'avaient craint. Je ne puis donner ici le détail des angoisses et des souffrances que chacun connut au cours de l'ascension, mais le fait qu'elle dura quatorze heures, au lieu des quatre qu'avaient prévues les douaniers, est assez significatif.

C'est Raurque qui en fut en partie responsable : comme il était arrivé plus tôt qu'on aurait pu penser devant la muraille – l'étape de la veille avait été plus courte – il s'était engagé aussitôt et sans attendre personne, dans le seul couloir praticable. Mais à un tiers du parcours environ, alors que tout le village avait commencé à grimper derrière lui, il dévissa sous un surplomb et, glissant de quelques mètres en arrière, il resta bloqué par son pilon, en travers de la cheminée.

Durant deux heures quarante, on essaya de le dégager, mais rien n'y fit. On dut le laisser là et passer outre, en escaladant ce gros obstacle imprévu.

— Ne me laissez pas ! Ne me laissez pas, nom de Dieu ! hurlait-il, en essayant de s'agripper aux grimpeurs.

Plus tard on fut bloqué encore pendant près de soixante minutes par la femme de Viottre dont les nerfs avaient craqué et qui, prise d'une folie meurtrière, du haut d'un piton où elle avait réussi à se jucher, bombardait les autres ascensionnistes à coups de pierres. Elle finit par se jeter elle-même dans le vide et l'on put continuer.

Enfin ce fut la petite Cherline qui, profitant des difficultés de l'escalade, échappa à la surveillance de sa tante, et annonça qu'elle voulait redescendre. Il était impossible de lui laisser le passage, on parlementa plusieurs heures avec elle, on lui vanta encore avec chaleur la vie heureuse qui l'attendait de l'autre côté du col. Elle s'obstina, tant et si bien qu'usant d'autorité, devant un cas de force majeure, on dut se résoudre à la sacrifier à l'intérêt général.

En bref, près de dix heures de retard, deux morts,

un disparu, tous les biens, toutes les bêtes perdus, sans parler des innombrables plaies et blessures, tel fut le sévère bilan de l'escalade et la rançon payée par le village au verrou glaciaire, qui barrait la vallée depuis des millénaires.

Je laisse à penser, en outre, dans quel état de délabrement le malheureux Siméon finit la course. Sa dernière sandale, en tout cas, ne résista pas.

Une mauvaise surprise attendait les émigrants sur le replat. L'hiver s'accrochait dans les hauteurs – *in excelsis*, comme on dit en latin. Ils se trouvaient sur un vaste plateau, totalement dénudé, recouvert d'une neige épaisse, battu par un vent glacial et violent. Plus d'un l'avait pressenti car, même dans la vallée, le dégel avait paru précoce. Mais c'en était fait. Bien que la nuit ne fût pas loin, il ne restait plus qu'à marcher, qu'à marcher au plus vite, toujours droit devant soi. Là-bas, fermant l'horizon, la ligne blanche du col se découpait sur le ciel gris sombre, comme la coque d'un immense navire posé entre le flanc des montagnes : la frontière. De l'autre côté, ce serait la descente, ce serait la vallée, les rizières, ce serait peut-être le printemps !

Le plateau montait en pente douce et les émigrants forcèrent la marche, animés d'une immense espérance.

Les yeux fixés sur la blanche ligne de l'horizon,

ils ne sentaient ni le froid, ni la fatigue. Ils auraient voulu courir, tant ils se croyaient près du but.

Mais rien n'est trompeur comme la montagne. Lorsqu'un nouveau jour se leva sur le plateau glacé, après une marche nocturne de douze heures, c'est à peine si la haute coque du navire-frontière, sur le ciel gris de l'aube, semblait s'être rapprochée de leurs pas. Comme ils ne pouvaient ni reculer, ni s'arrêter encore, il leur fallut bien avancer. Mais la journée parut longue et rude.

Schlitte perdit sa mère, qui s'écroula tout d'une masse, un peu avant la onzième heure, et que le vent recouvrit aussitôt de petite neige. Creps portait son père dans ses bras, un tout petit vieillard, plus léger qu'un enfant.

Le moral de la troupe se dégradait. L'espoir avait pris la forme d'une obstination forcenée.

Siméon, qui n'était plus chaussé que de son unique chaussette, se traînait sur la neige dure du mieux qu'il pouvait. Ses mutilations le faisaient souffrir – mais, moins aguerri que les montagnards, c'est du froid surtout qu'il pâtissait. À mesure qu'on s'élevait vers le col, la température se faisait plus rigoureuse et, à plusieurs reprises, il avait senti le gel qui lui attaquait les yeux. De sa main valide, il devait fréquemment se nettoyer les globes oculaires de la mince pellicule de glace qui s'y formait obstinément, et qui troublait sa vue.

La nuit était tombée une fois de plus, quand enfin on atteignit le col. Sur l'autre versant, la pente neigeuse était plus raide, presque abrupte ; la descente en serait facilitée. Mais quelle que fût la hâte de chacun de quitter à jamais ces lieux inhospitaliers, l'état d'épuisement de la caravane était tel qu'on décida de patienter quelques heures encore et de prendre un peu de repos.

Le poste de douane offrait quelques commodités. Apparemment il avait dû servir de refuge aux contrebandiers qui opéraient autrefois dans la région. Ils l'avaient entretenu contre vents et tempêtes et sans doute devaient-ils trafiquer essentiellement sur les troupeaux, car ils avaient édifié, derrière la cabane frontalière, un vaste pacage à claire-voie que fermait, adossée au flanc de la montagne, la haute stature d'une étable, vaste construction de pierres, à trois murs, ouverte sur le devant et couverte d'une large toiture de planches à une seule pente.

À l'intérieur du poste, les contrebandiers entreposaient leur petit matériel : des écuelles, des sifflets, des cravaches. C'était un beau fouillis hétéroclite, un peu comparable à celui qui régnait dans le tiroir du Croll. Ils y avaient même entassé des sacs de branchages et de pignes, vestige de l'époque où poussaient encore, en ces hauts lieux, des conifères. Mais les villageois les dédaignèrent : ils n'avaient pas l'intention de s'installer là pour l'hiver ! Il ne s'agissait que de patienter jusqu'à l'aube, et pas un ne consentit même à allumer du feu dans le gros poêlon réglementaire, à un seul foyer, en usage dans le corps des douanes à ces altitudes.

On partagea les dernières poignées de lentilles et encore fallut-il obliger les femmes, comme des enfants capricieux, à prendre quelque nourriture.

— Assez de lentilles ! Jamais plus de lentilles ! grognaient-elles, et il semblait que par ce seul cri revendicatif, elles exprimaient soudain la lassitude de toute une vie.

Cette dernière nuit, on s'en doutera, fut fiévreuse.

En dépit de leur épuisement, les émigrants ne songeaient pas à dormir. La plupart étaient étendus dans le noir, à même le sol et les yeux grands ouverts, écoutant le ronflement de la tempête, remuant en secret des pensées secrètes ; les autres demeuraient à ressasser leur espoir, le nez collé au papier huilé de la petite fenêtre, sans rien voir au-dehors que le tourbillonnement fou de la neige et le trou noir et fascinant de la vallée. Seuls, Walter et Clara Dogde s'étaient endormis côte à côte, confiants et apaisés, enlacés comme au jour de leurs noces, s'appliquant à préfigurer une image facile du bonheur. Siméon, à bout de forces, assis en tailleur dans un coin, sanglotait doucement, comme un noyé au terme de ses épreuves, lorsqu'il a touché du pied un instant le fond de la mort et qu'il retrouve soudain, sur le brancard de quelque brigade fluviale, parmi les casques d'or, les lances d'argent et les blousons de cuir des sapeurs, l'étrange soleil noir de la vie.

Tandis qu'on attendait l'aube, avec quelle impatience, la porte s'ouvrit soudain et, comme poussé par la bourrasque, le vieux Raurque roula au milieu de la pièce. Il avait réussi, après plusieurs heures d'efforts, à briser son pilon entre deux rochers, un peu au-dessous du genou. Depuis le verrou glaciaire, tout au long de l'immense plateau, il avait rampé sur le ventre et les coudes. Il apparaissait soudain comme un bonhomme de neige hirsute : il semblait avoir vieilli de cent ans. Mais son moral n'était pas atteint :

— Ah ! Ah ! fit-il, avec son bon gros rire, on croyait se débarrasser du vieux Raurque ! Vous allez voir ça dans la descente ! Pfouitt ! Dernier en haut, premier en bas !

La bonhomie de Raurque, le récit truculent de ses acrobatiques exploits dissipèrent l'émotion silencieuse qui s'était emparée des montagnards durant la nuit, émotion bien naturelle, il faut le reconnaître, à la veille de si profonds bouleversements. Car si chargée d'espérance que soit jamais la perspective d'une vie nouvelle, elle n'en laisse pas moins dans les esprits les plus simples une frange d'incertitude, voire d'appréhension, en même temps déjà qu'une insinuante nostalgie de la vie ancienne.

Raurque donnant l'exemple et stimulant les cœurs, on se mit en route pour la dernière étape.

*
* *

Une aube blafarde envahissait le ciel, et à travers le brouillard de petite neige agité par le vent, on commençait à voir se dessiner, en contrebas du col, les blancs escarpements de la descente, d'où émergeaient, de place en place, d'impressionnantes « demoiselles » de pierre. Et comme les émigrants marquaient un temps d'arrêt en bordure du précipice, scrutant ses profondeurs avec circonspection, il leur sembla entendre, étouffé par les bruits furieux de la montagne, comme un murmure lointain, comme une longue plainte traînant dans le brouillard, au flanc de l'abîme. Étaient-ce les « demoiselles » qui geignaient ainsi dans la tempête ? qui d'autre en ces déserts ? Mais qu'entendit-on soudain ? Qu'entendit-on ? des voix vraiment humaines, des cris d'hommes et de femmes, et des pleurs d'enfants, et des mots de chaque jour, des mots de courage et d'espoir, des « Ho Hisse ! », des « Huau Dia ! », des « Ça y est ! » « Le voilà ! », « Nous y sommes ! », que l'écho renvoyait, de très loin, contre le ciel.

Les villageois, frappés soudain de stupeur, se regardaient les uns les autres, figés au bord du précipice. Ils n'osaient pas parler. Mais que fallait-il croire ?

Alors, émergeant peu à peu du brouillard, ils virent sous leurs yeux apparaître une incroyable cohorte, tellement semblable à la leur, qu'ils crurent se rencontrer eux-mêmes : des hommes, des femmes, misérables et transis de neige, traînant des enfants, remorquant des vieillards et des infirmes. À leur tête marchait un brigadier en uniforme, le béret sur l'oreille et suivi d'un autre douanier. Derrière eux venait un couple de jeunes mariés, enlacés comme au jour de leurs noces, et de vieilles femmes hagardes, un homme plié en deux qui semblait pousser une brouette, un autre qui portait dans ses bras son vieux père, et des demoiselles échevelées, et des manchots hirsutes, des borgnes, et un unijambiste à la barbe toute blanche de neige, qui traînait son pilon comme une barrique.

C'étaient les habitants de la vallée heureuse qui avaient quitté leur pays. Ils semblaient exténués de fatigue, transis de froid, mais animés d'on ne sait quel espoir, tellement heureux, eux aussi, d'atteindre enfin le col, tellement surpris d'y trouver d'autres émigrants.

Les deux brigadiers se saluèrent dans la neige, comme on se regarde dans la glace.

— Nous étions trop malheureux… commença le douanier inconnu, comme pour se présenter lui-même et présenter ses compagnons. Notre pays est à peine habitable. Vous comprenez… les saisons, la misère… On nous a dit que chez vous, de l'autre côté du col…

Mais il parut soudain comprendre et ne put achever

son propos. Aoste avait compris lui aussi, et tous les villageois, de l'un et l'autre village, qui restaient à se dévisager les uns les autres, pétrifiés soudain par un désespoir immense. Tant de magie pour rien ! pour les images d'un autre monde !

— Mais qui vous l'a dit ? Qui ?

— Les cavaliers ! Deux hommes noirs à cheval...

— Avec des bottes brillantes ?

— Et des visières !

— Ceux qui parlaient du riz ?

— Qui parlaient, qui chantaient... Vous n'avez donc pas de rizières ?

— Ah ! Damné ! Damné ! Dieu soit damné ! Il ne fallait pas les croire !

— C'est *lui* qui les a crus !

On se tourna vers Siméon, qui était demeuré à l'écart et que venait de frapper brutalement un nouveau malheur. Sans doute sa résistance physique avait-elle considérablement diminué au cours de ces dernières journées harassantes, car à peine était-il sorti du poste de douane, qu'il ressentit dans les yeux le picotement virulent qu'il avait éprouvé déjà, à plusieurs reprises, on s'en souvient, pendant la période du gel bleu et les jours précédents, au cours de la traversée du plateau frontalier. Dix fois, vingt fois, de sa seule main valide, il avait dû expulser la pellicule de glace qui se reformait obstinément à la surface de ses globes oculaires – mais soit qu'il eût un peu tardé lors de l'arrivée des nouveaux émigrants, distrait des couleurs de ses yeux par la surprise de ses oreilles, soit que sa température interne fût tombée à un degré réellement infime, il arriva qu'il n'y parvînt plus : le gel gagnait et il avait beau se frotter, s'étirer, se pincer les paupières, il sentait ses deux yeux se figer et durcir, changés en deux grosses billes de glace douloureuses. Sa vision du monde commençait à se brouiller, comme un matin gris sous un brouillard de neige ; les formes et les contours chaviraient comme au travers des lentilles déformantes : il devenait aveugle, aveugle aux yeux ouverts !

— C'est lui, oui, c'est lui qui les a crus ! criaient les villageois.

— Il nous a trompés encore ! Il nous a toujours trompés !

— Avec ses paperasses ! ajouta la voix particulièrement méchante d'Escladoss le roux.

Siméon ne les vit pas marcher sur lui, mais il entendit leurs paroles menaçantes : « Mes yeux ! pensait-il. Mes yeux ! Comment pourrais-je écrire sans mes yeux ? »

Il ne les vit pas marcher sur lui, mais il sentit la première boule de neige – une boule serrée, durcie en glace – qui s'écrasa soudain sur son visage douloureux : pierre sur verre, son œil gauche éclata en étoiles.

— Non ! Non ! cria-t-il. Écoutez-moi !

Il leva en direction des villageois ce qui restait de sa main noire et visqueuse, tant pour se protéger que dans l'ultime espoir de les effrayer.

— Écoutez-moi… Il y a peut-être un autre col, un peu plus loin, un peu plus haut…

— Menteur ! crièrent ensemble, indignés, fous de rage, les villageois des deux villages. Il ose mentir encore !

Siméon sentit la meute qui se rapprochait pour la curée, les projectiles volaient autour de lui, il devinait déjà les bâtons ferrés de la douane. Il fit demi-tour et s'enfuit d'une course divagante et claudicante, se protégeant la nuque de sa main noire. Son pied nu, son petit sabot s'enfonçaient dans la neige glacée.

Il n'y voyait plus rien – rien. Mais descendant droit devant lui, il s'engagea naturellement dans le pacage à claire-voie qu'avaient édifié les contrebandiers derrière le poste de douane.

« Il ne nous échappera pas », pensèrent les villageois, qui entrèrent derrière lui dans le pacage et s'y déployèrent en éventail. Les deux brigadiers, en uniforme, avec de larges gestes de leurs bâtons, organisaient la manœuvre.

Le terrain remontait en pente très légère, et Siméon, éperdu, se dirigeait en aveugle vers la haute structure de l'étable qui dressait devant lui le piège de ses trois murs.

« Il ne nous échappera plus », pensèrent les villageois.

Parvenu sous l'avancée du toit, Siméon sentit sous ses pieds le sol de terre battue qui s'était desséché à l'abri de la neige. Il courut quelques mètres encore, mais il buta contre un objet dur et rond qui roula sous ses pieds et il culbuta maladroitement par terre : c'était un crâne à la mâchoire proéminente, aux orbites immenses, semblable à celui que Walter Dogde, du haut de son grenier, il y avait de cela des mois et des mois, lui avait lancé dans les pieds, le soir de son arrivée au village. Siméon le rejeta loin de lui avec horreur, se releva, mais pour buter aussitôt sur un crâne semblable. De sa main valide, il caressa le sol autour de lui : de toutes parts, il frôlait des ossements, des dents et des crânes. Des milliers et des milliers de bêtes, abandonnées par leurs bergers, depuis des années étaient venues s'entasser là pour mourir. Leurs carcasses desséchées formaient une montagne blanche, un amoncellement d'ossements et de crânes qui remplissaient jusqu'au toit l'immense étable. De quelle migration désastreuse, de quelle hécatombe ne portaient-elles pas témoignage ?

Renonçant à se relever pour retomber encore, Siméon s'avança en rampant vers cet ossuaire. Il ne voyait plus, mais il avait conscience de vivre un cauchemar. Les squelettes des bêtes craquaient sous lui, ses doigts étreignaient des mâchoires, des vertèbres, des sacrums. Et par la violence de son imagination, en proie à un soudain affolement de vie et de mort, il entendit, une fois de plus, resurgi des souvenirs de sa vie ancienne, le formidable esclaffement de tous ces maxillaires, les hurlements démentiels de ces squelettes brisés et remués. Il retrouva l'image de sa sœur Enina, traînée par les pieds dans le sable, comme un ossement de fleur effrité dans le désert. Il comprit, avec une effrayante certitude, que le moment était venu de la rejoindre.

Lorsque les villageois arrivèrent en ligne devant l'étable, animés d'une volonté de meurtre inflexible, si forte était leur rage qu'ils ne virent dans l'immense ossuaire qu'une réserve immense de projectiles et d'armes, et chacun s'empara qui d'un crâne, qui d'un os.

Siméon tenta d'escalader la montagne de squelettes, mais elle s'éboulait sous son poids et à chaque fois il retombait en arrière.

Un premier coup l'atteignit sur la nuque.

— Attendez ! Attendez ! cria-t-il éperdu. Il y a sûrement un autre col... Pour vous comme pour moi... J'en suis sûr... un monde habitable... des rizières... des algues... J'en suis sûr...

Trop tard. Personne ne voulait plus l'entendre. Personne ne l'entendrait jamais. Les crânes de moutons, lancés à toute volée, s'écrasaient sur son visage tuméfié, sur toutes les plaies de son corps. Il n'avait même plus la force de se protéger. Les plus hardis des villageois se munirent de fémurs, décidés à l'achever comme une bête malfaisante.

— Enina ! Enina ! murmura-t-il encore, derniers mots d'amour, tandis que les coups s'abattaient sur lui.

Et ce fut tout. Si quelque voyageur, un jour, vient à passer par ces lieux, à peine pourra-t-il distinguer, sous l'auvent de l'étable, au pied de l'ossuaire, le squelette d'un petit homme, blanchi par le temps, parmi des ossements épars.

Au Moulin d'Andé.<br>Avril 1965.

*Composition et mise en pages*
*Nord Compo à Villeneuve-d'Ascq*

Impression par Laballery à Clamecy (Nièvre)
Dépôt légal : mai 2020
N° d'édition : 2465 – N° d'impression : 002625
*Imprimé en France*